DAMAGE NOTED

Writing
4-2-'14

CJF

LIBRE
PARA HUIR

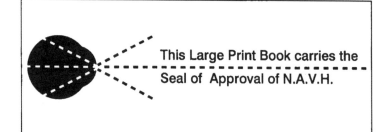

This Large Print Book carries the
Seal of Approval of N.A.V.H.

LIBRE
PARA HUIR

Linda Conrad

HERRICK DISTRICT LIBRARY
300 S. River Avenue
Holland, MI 49423

JUL 19 2004

Thorndike Press • Waterville, Maine

Copyright © 2003 Linda Lucas Sankpill.

Título original: The Gentrys: Cinco

Todos derechos reservados.

Todos los personajes de este libro son ficticios. Cualquier parecido con alguna persona, viva o muerta, es pura coincidencia.

Published in 2004 by arrangement with Harlequin Books S.A.
Publicado en 2004 en cooperación con Harlequin Books S.A.

Thorndike Press® Large Print Spanish.
Thorndike Press® La Impresión grande española.

The tree indicium is a trademark of Thorndike Press.
El símbolo del árbol es una marca registrada de Thorndike Press.

The text of this Large Print edition is unabridged.
El texto de ésta edición de La Impresión Grande está inabreviado.

Other aspects of the book may vary from the original edition.
Otros aspectros de éste libro podrían variar de la edición original.

Set in 16 pt. Plantin.
Impreso en 16 pt. Plantin.

Printed in the United States on permanent paper.
Impreso en los Estados Unidos en papel permanente.

Library of Congress Cataloging-in-Publication Data

Conrad, Linda (Linda Lucas Sankpill)
   [Gentrys. Spanish]
   Libre para huir / Linda Conrad.
      p. cm.
   Translation of: The Gentrys: Cinco.
   ISBN 0-7862-6701-1 (lg. print : hc : alk. paper)
   1. Large type books. I. Title.
PS3603.O5564G46 2004
  813´.6—dc22   2004049825

LIBRE
PARA HUIR

Ganadero de Texas y esposa perdidos en el mar

El servicio de guardacostas de Dry Tortugas confirmó anoche haber abandonado la búsqueda de T.A. Gentry IV y su esposa, Kay, propietarios del rancho Gentry en el estado de Castillo. Ambos desaparecieron en el mar hace cinco días.

Según el portavoz de los guardacostas, la pareja estaba de vacaciones en el yate de un amigo cuando se desató una fuerte tormenta. No se ha encontrado a ningún superviviente ni restos de la embarcación a pesar de la intensa operación de búsqueda. Según el propietario, el yate no estaba equipado con el sistema de señales EPIRB y los servicios de rescate confirman no haber recibido llamadas de socorro.

El matrimonio Gentry deja tres hijos: T. A. Gentry, de diecinueve años, Callon Aaron, de diecisiete y Abigail Josephine, de doce.

El funeral se celebrará en la capilla de Gentry Wells el día veintiuno de este mes.

Capítulo Uno

Cinco Gentry apagó su móvil, preguntándose si habría hecho bien o lo estaría esperando alguna otra catástrofe.

Eran las seis de la mañana y su amigo y socio, Kyle Sullivan, había llamado desde San Angelo para pedirle un favor. Un cliente necesitaba protección en su rancho. Era un antiguo compañero suyo del ejército llamado Frosty y, aparentemente, estaba metido en un buen lío.

Pero eso era lo suyo: seguridad y protección. Un nuevo cliente para la empresa de seguridad era una buena noticia, ya que su vida últimamente era un desastre.

A causa de la frustrante conversación que mantuvo la noche anterior con sus hermanos, Cinco se encontró de nuevo ante las tumbas vacías de sus padres cuando el sol empezaba a asomar por las colinas de Texas.

Maldiciendo en voz baja, aplastó unos hierbajos con el pie y miró las dos tumbas que jamás habían podido darle una respuesta.

Lo que habría dado por preguntarle a sus padres un par de cosas. Como, por ejemplo, qué había sido de ellos esa noche tantos años atrás, durante la tormenta, o qué demonios podía hacer con sus rebeldes hermanos.

Las lápidas de T.A. Gentry y su esposa, Kay Hempstead Gentry, colocadas allí solo como recuerdo, se habían estado riendo de Cinco durante doce años. En lugar de respuestas, el eco de las colinas de Texas le recordaba que nunca sabría la verdad.

A un lado del cementerio la luna se escondía en el horizonte magnificando las sombras de los árboles y el suelo cubierto de rocío. Al otro, el sol asomaba por encima de una colina tiñendo el paisaje de rojo, pero Cinco no se daba cuenta.

Desde la desaparición de sus padres él se encargaba de dirigir el rancho y de controlar a sus hermanos. Pero abandonaría su papel como cabeza de familia si pudiera devolvérselo a su padre. El padre que le enseñó que un hombre tenía la obligación de ser todo lo que pudiera ser. El mismo padre cuya muerte le robó la posibilidad de hacer realidad sus sueños, obligándolo a volver a casa.

De modo que su trabajo era mantener el rancho Gentry y cuidar de Cal y Abby. Aunque ninguno de ellos entendía que lo suyo no era el rancho sino la seguridad. Ese era su mundo, la seguridad cibernética o personal, y la empresa que dirigía con Kyle se había convertido en un éxito.

Si pudiera convencer a sus hermanos de que él sabía lo que era mejor para ellos...

Una hora más tarde, con la cafetera encendida, la cocina caliente y los platos en el fregadero, Cinco empezaba a preguntarse si debería haberle dado más indicaciones a Kyle para llegar al rancho. Su socio no había ido por allí en varios años y podría haberse perdido.

Nervioso, tomó el sombrero y las llaves de la furgoneta y salió de la cocina. Solo había una carretera que llevaba al rancho y seguramente los encontraría por el camino.

Pero cuando salió al porche vio una nube de humo y, poco después, un Jaguar de color verde oscuro se detenía frente a la casa. Ver un Jaguar en Texas era tan raro como ver a un vaquero montando un elefante.

El rancho de los Gentry era uno de los más modernos del estado, pero no sabía qué impresión le haría a un chico de ciudad como ese tal Frosty. Cinco intentaba distinguir su silueta en medio de la nube de polvo que había levantado el coche, pero solo pudo ver a Kyle abriendo la puerta y al pasajero de espaldas, intentando sacar algo del asiento.

Llevaba unos pantalones de color caqui... pero no era un hombre. No podía ser un hombre porque tenía el trasero más redondo y más bonito que había visto en su vida. ¿Qué demonios...?

Cuando se acercó, la dueña del trasero estaba estirándose. Era una chica muy alta, de piel clara, con unas gafas de aviador que tapaban parcialmente su rostro.

¿Ella era Frosty Powell? ¿Una mujer? No podía ser. No podía quedarse en el rancho.

Kyle se acercó entonces y le dio una palmadita en la espalda.

—Me alegro de verte, Gentry.

Cinco seguía mirando a la joven, que llevaba una cazadora de aviador. Alta, de al menos un metro setenta y cinco, la joven se quitó las gafas para observar la casa y las instalaciones que había alrededor antes de volverse para mirarlo de arriba abajo.

Y absurdamente, Cinco tuvo que resistir el impulso de limpiarse las botas en los vaqueros.

Nunca había visto una mujer como aquella. Parecía la reina virgen. Era rubia, con el pelo sujeto en una trenza que caía sobre el hombro izquierdo, rozando sus pechos, y unos ojos azules llenos de energía que, en aquel momento, estaban brillantes de irritación. Su aspecto dejaba claro que sabía cuidar de sí misma.

–Frosty, te presento a Cinco Gentry. Cinco, esta es mi antigua...

–¿Frosty Powell? –lo interrumpió él.

–Capitán Meredith Powell, de las fuerzas aéreas americanas –dijo la joven, estrechando su mano–. Encantada de conocerlo, señor Gentry. Y olvide lo de Frosty. Kyle y yo nos conocemos hace tanto tiempo que a veces olvida mi verdadero nombre.

Cinco estrechó su mano, pero estaba boquiabierto. La voz de la tal Frosty era suave, musical, llena de connotaciones secretas. Cuando pronunció su nombre lo envolvió una oleada de deseo sorprendente. Y eso no le gustaba en absoluto.

Apretaba su mano con fuerza, casi como un hombre. Desde luego, la capitán Meredith Powell sabía lo que quería.

No se parecía a ninguna otra mujer que hubiera conocido. Entonces recordó al amor de su vida, Ellen, la mujer a la que quiso amar y cuidar para siempre. Morena, de pelo largo, los vestidos sencillos y femeninos eran más su estilo. La rubia alta que tenía frente a él no se parecía en absoluto.

Cinco tosió un par de veces para quitarse

el polvo de la garganta.

–Bueno, vamos a tomar un café.

–Espera, voy a sacar la maleta de Frosty –sonrió Kyle.

–Vamos dentro, chaval –insistió Cinco, tomándolo del brazo–. Y después, tú y yo tenemos que hablar.

Cuando Meredith entró en la casa se sintió como Alicia en el país de las maravillas. Durante su carrera en el ejército había estado destinada en muchos países y pasó meses en bases del tercer mundo. Pero aquello... era como si alguien la hubiera metido en el decorado de una película del Oeste.

Con Cinco Gentry en el papel de vaquero.

Kyle no le había contado que aquella zona de Texas era tan... auténtica. Y Cinco, con ese nombre tan raro, tampoco era lo que había esperado. Con sus pantalones vaqueros y el sombrero negro echado hacia atrás, era la viva imagen de un protagonista de película del Oeste.

Tenía los ojos de color castaño claro, pero cuanto más los miraba más oscuros e inteligentes le parecían. Y esa era una de las razones por las que no podía quedarse en aquel rancho.

–Dame tu chaqueta –dijo él, cuando estaba guardando las gafas en el bolsillo.

La colocó junto a la de Kyle en un perchero de madera bajo el que había un montón de botas, colocadas como centinelas.

–Gracias.

–Vamos a la cocina. Creo que el café ya estará hecho.

–Muy bien –intentó sonreír Meredith.

Por fuera, el sitio le había parecido raro, con varios edificios de diferentes alturas. Y por dentro, era más raro todavía. Los muebles de la cocina parecían hechos a mano y los electrodomésticos eran de acero, nuevos y limpísimos.

Una de las paredes estaba enteramente ocupada por una chimenea de piedra, con un hueco en el que cabía un hombre de dos metros. Al otro lado de la habitación, un ventanal enorme que iba desde la encimera hasta el techo, con tiestos que bloqueaban parcialmente la vista. La moderna cocina, en aquel sitio perdido de la mano de Dios, parecía una de esas que salían en las revistas de decoración.

–Bonito rancho, ¿verdad? –preguntó Kyle.

Cuando Meredith levantó la cabeza, vio que había halógenos en las antiguas vigas de madera. Esa mezcla de modernidad y clasicismo al más puro estilo del Oeste le parecía incongruente.

—Es... interesante. Pero da igual. No necesito quedarme aquí.

—No vamos a discutir otra vez, Powell. La decisión ya está tomada.

—¿Qué pasa? —preguntó Cinco entonces—. ¿Cuál es el problema?

—No hay ningún problema. Frosty cree que puede seguir viviendo como si no pasara nada, cuando hay un psicópata buscándola por todo el país. Nada más que eso.

—No pienso seguir viviendo como si no pasara nada —replicó Meredith—. Además, iba a cambiar de vida de todas formas.

Kyle y ella habían discutido el asunto tantas veces durante los últimos días que estaba harta. Pero quizá podría convencer al inteligente vaquero, pensó.

—Mira, Cinco, el día que ese loco disparó al general en los escalones del Capitolio, delante de mí, era mi último día en el ejército. Ya me había retirado oficialmente porque acababa de aceptar un puesto de piloto en las compañía aérea Transcon Air. Pero ahora los federales han perdido al psicópata y la empresa solo ha aceptado conservar mi puesto durante unas semanas —le explicó, suspirando—. Así que dime, ¿cómo va a saber el loco de Richard Rourke dónde me encuentro si estoy volando de un lado a otro?

–Rourke está loco, pero no es idiota –replicó Kyle–. El FBI cree que tiene contactos con varios grupos terroristas y esos grupos tienen acceso a todo tipo de información confidencial. ¿Cómo vas a evitar que te encuentren? Seguro que hasta has dado tu número de la seguridad social a la compañía.

Meredith abrió la boca para protestar, pero Kyle la interrumpió con un gesto.

–Cinco, ¿tú crees que una mujer como ella podría esconderse en Washington sin que alguien la viera?

Cinco la miró sin decir nada. Pero esa mirada hizo que Meredith se pusiera nerviosa, algo que no le ocurría a menudo.

–Espera un momento, Kyle. ¿Quién te crees que eres para...?

–¿Tú eres la testigo que puede identificar a Richard Rourke como el asesino del general VanDerring? –la interrumpió Cinco.

–Eso parece –suspiró ella.

–Todo el ejército está buscando a ese hombre y tú eres la única persona que puede identificarlo. Y no creo que Rourke sea tonto en absoluto.

–Querían incluirla en el plan de testigos protegidos –explicó Kyle–. Pero yo convencí al FBI de que conocía a un hombre que podría velar por su seguridad tan bien como ellos... pero con menos restricciones.

Cinco asintió, como si estuviera seguro de que su rancho era una fortaleza inexpugnable, y Meredith dejó escapar un largo suspiro. Solo tenía dos opciones: una prisión federal o aquel rancho. Estaba claro dónde iba a quedarse, aunque no le hacía ninguna gracia.

El vaquero sonrió entonces por primera vez, pero el hoyito que tenía en la mejilla izquierda no alivió su mal humor.

—Estarás mucho más segura y más contenta aquí, cariño —le dijo, con el acento más sureño que había oído nunca.

—Sí, claro.

Aunque no estaba tan claro. Seguramente habría estado mejor en una prisión federal que confinada en un rancho con el auténtico «llanero solitario» como guardián.

Capítulo Dos

Al menos podrías haberme advertido de que Frosty era una mujer –murmuró Cinco. Kyle y él habían salido para sacar la bolsa de viaje del maletero mientras ella daba una vuelta por la propiedad.

–Es que a veces se me olvida que es una mujer... –replicó Kyle. Cinco se detuvo, con una ceja levantada–. No, en serio. Era la mejor piloto de las fuerzas aéreas americanas. Es dura, inteligente y puede salir de una pelea a puñetazos mejor que cualquier hombre.

–Pero es una mujer. Será muy incómodo protegerla aquí, en mi casa. ¿Por qué no me has traído a un hombre? Alguien a quien pudiera darle un puñetazo si se pone tonto.

–Dale una oportunidad, Gentry. No es una damisela y seguramente podría sacarte a patadas por encima de la cerca –sonrió Kyle.

–Y esa es otra. ¿Qué clase de nombre es Frosty?

—La mayoría de los pilotos tienen motes. Se los ganan durante el entrenamiento.

—¿Y por qué se ganó Meredith el de Frosty?

—No sé —contestó Kyle sacando una bolsa de viaje del maletero—. Bueno, supongo que lo de Frosty viene por el «no frost» de las neveras. Es una chica que no se asusta por nada, que se mantiene fría ante el peligro, como si tuviera hielo en las venas en lugar de sangre. Y una vez que un idiota intentó meterse con ella, Frosty lo dejó helado. Nadie volvió a atreverse después de eso.

—Ah, ya entiendo —suspiró Cinco.

—¿Qué te pasa, Gentry? Tú nunca pones pegas cuando alguien necesita tu ayuda.

Kyle lo conocía demasiado bien y estaba jugando sus cartas. En cuanto Cinco supo que era la testigo del asesinato del general VanDerring supo que no podría dejarla ir. Pero no le gustaba que su socio lo manipulase de esa forma.

El problema era qué iba a hacer con aquella amazona. Incluso apostaría a que sabía más de informática que él, aunque eso era difícil.

Irritado, se pasó una mano por la cara. Estaban empezando a ser las veinticuatro horas más difíciles de su vida, después de la noche doce años atrás en la que rezó para que la noticia sobre la muerte de sus padres no fuera cierta. Su hermano Cal lo había llamado para decir que había dejado embarazada a una de sus fans del circuito de carreras y que estaba dispuesto a casarse con ella. Y después llamó Abby para decir que había decidido no terminar el máster porque prefería volver al rancho para trabajar como capataz.

Y luego Frosty.

—¿Y qué se supone que debo hacer con una mujer aquí?

Kyle sonrió.

—¿Y yo qué sé? Ya te he dicho que yo no la veo como una mujer, yo la veo como un piloto… y no tengo ni idea de lo que puedes hacer con ella aquí, en la tierra de los vaqueros.

—Genial —murmuró Cinco, haciendo una mueca.

—Mira, Gentry, dale una oportunidad, ¿no? Ha pasado una época muy dura. Primero murió su padre de un ataque al corazón y después, cuando estaba a punto de llevar a su jefe en el avión por última vez, tuvo que ver cómo lo mataban a tiros… de los que, afortunadamente, ella escapó. Pero decidas lo que decidas, aléjala de Internet y de los aviones. Cualquiera de esas dos cosas podrían terminar con el único testigo de los federales contra Richard Rourke. Y no podemos perder un cliente ni convertir esto en un circo.

No, pensó Cinco. Ya había pasado por ahí. Un circo en su vida era más que suficiente.

–No sé...

–Y a Ciber-Investigaciones no le conviene perder un cliente como ella, ¿no te parece?

–¿Conoces bien a Kyle? –preguntó Meredith, dejando su taza en el plato.

Acababan de entrar en la casa después de despedirse de su socio, que volvía a la civilización.

–Desde hace trece años. Estudiamos juntos en la universidad.

–¿Ah, sí? ¿Qué estudiaste?

–Informática.

–¿No me digas? ¿Para llevar un rancho? –replicó ella, sarcástica.

Cinco sonrió.

–Sí, pero... ¿cómo era eso que decían mis abuelos? No se puede juzgar el mordisco por la serpiente. Esta casa, por ejemplo –dijo, señalando alrededor–. Desde fuera uno no sabe exactamente lo que es. Pero si la observas bien, puedes encontrar el rastro de las cinco generaciones que la convirtieron en un hogar.

Meredith sabía que su piel clara la estaba delatando. Era imposible disimular que se había puesto colorada.

—Lo siento —dijo, cruzándose de brazos—. Esta situación me tiene un poco nerviosa. No quería...

Él hizo un gesto con la mano, como diciendo que no tenía importancia, pero su mirada la hacía sentir incómoda, rara. Aquel hombre la ponía nerviosa.

Y era muy raro que un hombre la pusiera nerviosa. Ni siquiera... no quería ni pensar en cierto imbécil. Había jurado borrar sus recuerdos.

Quizá era la estatura de Cinco, que le sacaba una cabeza. Aunque no era solo eso. Esos hombros anchos y esas manazas parecían hechos para proteger... como si nunca pudieran levantarse para golpear.

Meredith sacudió la cabeza para apartar de sí aquellos pensamientos. La extraña sensación que experimentaba al mirarlo era debida seguramente a su marcado acento del sur. Ese acento le hacía pensar en un rayo de sol sobre nubes de color rosa a cuarenta mil pies.

Pero decidió pensar en otra cosa. Aquello era una pérdida de tiempo. Y Cinco seguía mirándola de esa forma... tenía que pensar en algo. Rápido.

—¿Cinco generaciones has dicho?

—Eso es.

—Y tú eres la quinta... ah, de ahí el nombre, Cinco.

—Sí, señorita —sonrió él—. Theodore Aloysius Gentry V, a su servicio.

—¿Theodore Aloysius? —repitió Meredith.

—Sí, lo sé, son nombres muy anticuados. Cuando el primer Theodore se casó con María Alonso Aragón de Castillo, las tierras que trabajaban habían sido un regalo de su padre, tierras cedidas por el gobierno de México —explicó Cinco, levantándose para fregar las tazas—. Todo es parte de mi herencia.

—Cinco es un nombre muy original.

—Bueno, en cinco generaciones ha habido un Theo, un Teddy, un Tres y mi padre, que se llamaba T.A. A mí no me importa llamarme Cinco, aunque mi madre solía llamarme Tad.

—Tad no te pega mucho —sonrió Meredith. Has dicho «solía llamarme». ¿Tus padres han muerto?

Cinco empezaba a pensar que la conversación estaba siendo demasiado personal. A pesar de los años que habían pasado, no le gustaba hablar de la muerte de sus padres.

—Más o menos.

Ella lo miró, sorprendida. ¿Qué clase de respuesta era esa? Pero pensó que quizá habían muerto recientemente y no quería hablar del tema.

—Perdona —dijo él entonces—. La verdad es que desaparecieron en el mar. Se fueron a hacer un crucero hace doce años y no volvieron nunca.

—Ah, qué horror.

—Ha pasado mucho tiempo. La vida sigue y el tiempo... en fin, el tiempo puede curarlo casi todo, si tienes paciencia para esperar.

Después de decir eso, Cinco tomó la bolsa de viaje.

—¿Dónde vas?

—A subir esto a tu habitación.

—Puedo hacerlo yo, muchas gracias. Si me dices dónde está mi habitación, claro —replicó Meredith, fulminándolo con la mirada.

Tenía una mirada feroz y adorable al mismo tiempo. Y le gustaba cómo arrugaba la nariz cuando estaba enfadada.

Cinco decidió entonces ver hasta dónde se enfadaba. Dejó la bolsa en el suelo, se cruzó de brazos y la miró, muy serio.

Y así se quedó. Después de dos minutos en completo silencio, Meredith empezó a parpadear, nerviosa. Cinco lo agradecía porque si hubiera esperado un segundo más habría tenido que rendirse.

Pero había ganado él. Bien.

De repente, sintió el deseo de tomarla entre sus brazos y plantarle un beso en esos labios tan perfectos. Pero eso no era lo que Kyle esperaba cuando le pidió que la protegiese.

—Mira, cariño, tenemos que llegar a una tregua. Yo no soy tu enemigo. Solo quiero lo mejor para ti.

Meredith Powell sonrió entonces y él empezó a sudar. Era guapísima, pero cuando sonreía le parecía sencillamente irresistible.

—Estoy obligada a aceptar tu hospitalidad, vaquero. Y sí, estoy de acuerdo en que lo mejor será una tregua. Pero creo que yo sé mucho mejor que tú qué es lo que me interesa. E insisto en llevar mis cosas. Y no soy tu... cariño.

—Muy bien. Lleva tus cosas —sonrió Cinco—. Pero esta es mi casa, así que yo te llevaré a la habitación... cariño.

Meredith lo siguió hasta la habitación que sería su celda durante algún tiempo. Era la tercera puerta al final de un largo pasillo en el piso de arriba. Al final del pasillo había más escaleras que debían llevar a otras habitaciones. Seguramente, era un piso que había sido levantado después de la construcción de la casa.

Su habitación era estupenda. Paredes pintadas de blanco, vigas en el techo, muebles grandes de madera noble. La cama era de matrimonio, cubierta por un edredón de colores. Era una habitación antigua, pero con muebles nuevos, que olía a madera y a limpio. La habitación de un hombre que tenía muy buen gusto.

Probablemente el hombre que estaba a su lado.

—¿Esta es tu habitación? No quiero que tengas que...

—No, la mía está al otro lado del pasillo. Esta es la habitación de mi hermano. Se marchó hace ocho años para dedicarse a las carreras de coches. La renové hace poco, esperando que sentara la cabeza y volviese al rancho, pero creo que eso ya no va a ocurrir.

—¿No?

—Se casa —contestó Cinco, haciendo una mueca—. Ella está embarazada, por lo visto.

—Sí, bueno... —Meredith no sabía qué decir—. Quizá, al tener un niño, quiera estar más cerca de la familia. Cuando sea padre quizá quiera dejar una profesión tan peligrosa como las carreras de coches.

–Lo dudo. Cal es una estrella. El año pasado ganó la copa del campeonato y eso significa que ganó casi todas las carreras del circuito. Tiene patrocinadores e ingresos publicitarios, así que no creo que lo deje por vivir en un rancho. Ni siquiera por un hijo.

–Supongo que esto no será tan aburrido como dices.

Cinco la miraba de una forma... no era una mirada normal, sino caliente, intensa, como un F-16.

–Cuando sonríes te pones muy guapa. Deberías hacerlo más a menudo.

Meredith se puso colorada de nuevo. Maldición. Irritada consigo misma, se volvió para abrir la bolsa de viaje. No llevaba muchas cosas porque, en realidad, no tenía muchas cosas. Todo su armario consistía en ropa de faena o uniformes y no quería comprar nada nuevo. Su intención era volver a ponerse el uniforme de piloto lo antes posible. Muy pronto, esperaba.

Solo tenía camisetas, algún chándal, zapatillas de deporte y un traje de chaqueta azul marino que había comprado el año anterior para acudir a la fiesta de jubilación de su padre. Eso y la ropa interior era lo único que había en su bolsa de viaje.

Estaba guardándolo todo en el armario cuando sintió la presencia de Cinco tras ella. Se había inclinado para tomar algo del suelo, unas braguitas negras que Meredith había tirado sin querer. Eran de encaje, algo que él no habría esperado de aquella seria piloto.

–Muy sexy para un capitán de las fuerzas aéreas.

Meredith se las quitó de la mano de un zarpazo. Parecía a punto de liarse a bofetadas. Y estaba guapísima. Era delgada, pero tenía buenas curvas bajo aquella ropa de color caqui. Unas curvas que serían perfectas para él...

¿De dónde había salido eso? Supuestamente, era su guardián, su protector. A Cinco no se le había ocurrido pensar que tendría que protegerla de su guardián.

La proximidad de aquella mujer espectacular lo dejaba sin palabras, pero tenía que verla como una cliente o una compañera con la que pasar el tiempo.

Carraspeando, apartó las cortinas para dejar entrar la luz y se sintió un poco más tranquilo.

–¿Qué haces para divertirte, Meredith?

¿Te gusta montar a caballo... o bailar country?

–Lo único que yo sé montar tiene motores –contestó ella–. Y solo bailo cuando alguno de mis superiores arriesga sus galones tirándome los tejos.

Meredith cerró el cajón antes de volverse hacia su carcelero. No le gustaba nada que su corazón latiese tan fuerte al mirarlo. Y tampoco le gustaba que le temblase la voz al hablar con él.

–No creo que por aquí haya nada que pueda mantenerme entretenida, Gentry. A menos que tengas un avión escondido en alguna parte, claro.

No le gustaba usar ese tono tan sarcástico, pero no podía evitarlo. Su mundo se había puesto patas arriba.

–De hecho, tenemos un par de ellos. Nada de aviones de combate, pero sí un par de avionetas para fumigar y un pequeño Jet que usamos para... –Cinco se interrumpió bruscamente, como alguien que recuerda haber dejado la leche al fuego–. Oh, no, de eso nada. No puedes volar mientras estés en el rancho. Además, tenemos que inventar quién eres y qué haces aquí. Si alguien empieza a especular pronto correrá la noticia y tu seguridad se pondrá en peligro.

Tanta preocupación le recordaba el obsesivo control que ejerció su padre sobre ella. Meredith apretó los dientes, intentando controlar el deseo de darle un puñetazo y salir corriendo. ¿Cómo iba a aguantar un solo día, en aquel sitio perdido de la mano de Dios, con ese... ese vaquero?

Suspirando, se dejó caer sobre la cama.

—Supongo que por aquí no habrá una librería o un gimnasio, ¿no?

Con la luz que entraba por la ventana, su pelo rubio parecía un halo y Cinco tuvo que tragar saliva. Era un ángel.

De repente, se le quedó la mente en blanco, como un ordenador que pierde toda la información. Cuando encontró su voz de nuevo, olvidó que su trabajo era cuidar de ella, olvidó que había prometido verla solo como una cliente.

Olvidó todo excepto lo preciosa que era. Y cómo, con aquella luz, parecía más una frágil muñeca de porcelana que una amazona.

Sonriendo, se metió las manos en los bolsillos del pantalón.

—Ni librerías ni gimnasios, me temo. Pero no te preocupes, cariño, ya encontraremos algo para ti.

Capítulo Tres

Tras cuarenta y ocho horas en el rancho, Meredith se sentía un poco más cómoda. Tranquila, descansada... y aburrida de muerte. Y apenas se encontró con Cinco.

Como diversión, salía a correr todas las mañanas por la carretera que llevaba al rancho. No era precisamente un buen circuito, pero empezaba a acostumbrarse a los baches.

No la molestaba nadie y casi agradecía no tener que apartarse de los coches o charlar con otros corredores, como le pasaba en la base.

Meredith respiró profundamente y enseguida lamentó haberlo hecho. Olía a estiércol de vaca. Sin embargo, no recordaba ningún momento de su vida en el que hubiera tenido todo el día libre para no hacer nada más que pasear o leer. Aunque había estado a punto de conseguir la total libertad, poder decidir sobre su propio destino.

Meredith suspiró, deteniéndose para respirar.

Necesitaba controlar su mundo y ser capaz de entrar y salir a su antojo.

Durante toda su vida había estado en una prisión de un tipo o de otro, controlada por alguien que decía tener en cuenta solo su bienestar. Y cuando estaba a punto de conseguir la libertad... se veía obligada a ingresar en otra prisión, aunque en ese caso fuera el campo. Y, de nuevo, guardada por alguien que decía tener solo su interés en mente.

Ella quería asumir la responsabilidad de su propia vida y no tenía ninguna duda de que podía protegerse a sí misma. Pero su presente situación hacía que eso fuera imposible.

Lógicamente, sabía que quedarse en el rancho era lo mejor, que quizá era el único sitio donde Richard Rourke no podría encontrarla, pero su corazón no atendía a lógicas.

Entonces miró alrededor, pensativa. El día anterior había visto a algún vaquero montado a caballo y alguna vaca que se acercaba al borde de la carretera. No le hacían mucha gracia, pero los animales apenas le prestaban atención.

El rancho era aburridísimo, desde luego. Lo único que no era aburrido era... Cinco Gentry.

No le hacía gracia, pero debía reconocer que había sido muy amable por su parte aceptarla en su casa. Además, para que se entretuviera, le había mostrado la biblioteca y un pequeño gimnasio que tenía en la parte de atrás porque, según él, los vaqueros también tienen que hacer pesas de vez en cuando.

Empezaba a gustarle aquel hombre. Era divertido, agradable, aunque estuviese decidido a controlar todos sus movimientos.

Pero para ser un carcelero no estaba mal. Nada mal.

Meredith volvió a correr. Durante aquellos dos días le había dejado notas diciendo que estaba ocupado, pero que se sintiera como en su casa. Qué risa. Aquel rancho nunca sería su casa, pero era un detalle por su parte.

Cuando se acercaba vio en el porche una figura masculina. No lo veía bien, pero por su estatura y su aspecto debía ser Cinco. Y parecía enfadado. ¿Por qué? Era ella quien tenía derecho a estar enfadada. No le apetecía nada estar en aquella situación y no necesitaba que nadie vigilase sus movimientos.

—Ya era hora. ¿De dónde vienes, Meredith?

–De correr un rato –contestó ella.

No le debía ninguna explicación. Cinco no era su jefe ni su padre. No tenía por qué responder.

–¿Has ido a correr?

–¿Qué pasa, Gentry? Dijiste que podía hacer ejercicio y eso es lo que he estado haciendo.

Cinco intentó calmarse, pero estaba muy enfadado. Al comprobar que Meredith no estaba en la casa el pánico se apoderó de él.

Había dormido poco durante los últimos días, intentando terminar el programa de seguridad que le había prometido a otro cliente y su desaparición fue la gota que colmó el vaso.

–No puedes salir de casa sin decirme una palabra. Estaba a punto de organizar una partida de rescate cuando te vi por la carretera. No vuelvas a hacer eso.

Ella entró en la casa sin mirarlo.

–No pienso quedarme encerrada aquí. ¿Qué esperas que haga?

Cinco cerró la puerta, suspirando.

–Podríamos pelearnos. Kyle me ha dicho que se te da muy bien.

–A lo mejor no sería mala idea –sonrió Meredith.

Sus ojos azules brillaban, traviesos. Cuanto más conocía a aquella piloto, más le gustaba.

Proteger a un testigo debería ser un trabajo impersonal, pero, por mucho que lo intentase, no le resultaba fácil mantener una relación impersonal con Meredith Powell.

—Mira, hoy tengo tiempo para enseñarte el rancho y para buscar algo que hacer. Si quieres cambiarte de ropa... sí, sería mejor que te pusieras unos vaqueros.

Estaba mirando sus larguísimas piernas. Eran tremendas, unas piernas de escándalo. Cinco tuvo que dirigirse hacia la escalera para recuperar la compostura.

—Si eso es una orden, señor Gentry, le sugiero que se la meta donde le quepa. Además, no tengo pantalones vaqueros.

Cinco se volvió, atónito.

—No es una orden. Solo intento que te sientas más cómoda en el rancho. Y que sepas lo peligroso que puede ser. Este no es sitio para ir por ahí medio desnuda.

Mirando los ojos color chocolate del hombre, Meredith sintió que le temblaban las rodillas. Imposible. Ella era fuerte, dura. Fría como el hielo. ¿No se lo habían dicho mil veces?

Y no era el momento de volverse débil.

—Normalmente corro en pantalón corto y

la gente civilizada no lo considera ir medio desnuda. Pero si te hace feliz, me pondré un chándal.

—¿De verdad no tienes pantalones vaqueros?

—De verdad. No son reglamentarios y a mí me parecen muy incómodos.

Cinco puso cara de sorpresa.

—Ah, pues entonces ya tenemos una tarea para hoy, cariño. Y te va a gustar.

Una hora más tarde, Meredith tenía ganas de liarse a patadas. Llevaban lo que le parecía una eternidad dando botes por una carretera de tierra. ¿Aquel hombre no conocía la existencia de los amortiguadores?

Mirando por la ventanilla, intentó pensar en otra cosa que no fuera Cinco Gentry. Pero dentro del coche era imposible no rozarlo. E imposible no pensar en el rifle Weatherby que iba en el asiento trasero. También ella sabía disparar, pero le parecía un poco bárbaro llevar un arma en el coche.

Y si ir a comprar unos vaqueros era su idea de la diversión, tendría que hablar seriamente con él. Pero en ese momento la furgoneta dio un tremendo bote y Meredith se preguntó si antes tendría que sujetarse los dientes con grapas. Cinco, sin embargo, no pareció inmutarse.

—¿Qué ha sido eso?

—No te preocupes. Es una pieza de metal para que las vacas no salgan a la carretera.

—¿Y eso las detiene?

—Eso y la alambrada.

¿Un pedazo de metal asustaba a las vacas? De modo que eran tan tontas como su padre había dicho siempre. Y seguramente sería imposible razonar con ellas, como con el hombre que tenía al lado.

Poco después pasaron al lado de un cartel que anunciaba que Gentry Wells estaba a solo diez kilómetros.

—¿Por qué los carteles tienen agujeros?

—Son disparos de rifle —contestó Cinco, tan tranquilo.

—¿Y eso?

—Los críos de por aquí practican después de tomarse unas cervezas. No creo que haya un cartel en todo el estado que no los tenga.

—¿Tú hacías eso cuando eras un crío?

—Seguramente. No tiene nada de malo pegar unos cuantos tiros de vez en cuando; siempre que se haga con cuidado, claro. Pero nunca ha habido ningún herido.

Aquel hombre era un rompecabezas. Hablaba con un acento sureño muy pronunciado y le parecían normales cosas que no lo eran para ella. Era raro, pero definitivamente interesante.

—Tenemos que inventar una historia para ti. En Gentry Wells todo el mundo se conoce y seguro que, cuando Kyle y tú pasasteis por allí, se desataron las lenguas.

—¿Ah, sí?

Le resultaba difícil creer que aquel pueblo fuera tan provinciano.

—Tú sabes algo de ordenadores, ¿verdad?

Ella asintió. En realidad, no había un solo ordenador del que no supiera algo.

—Todo el mundo en el pueblo sabe que yo me dedico a eso. No saben muy bien qué hago, pero sí que estoy bien equipado.

Lo de «bien equipado» hizo que Meredith pensara en una cosa que no tenía nada que ver con ordenadores. Y seguro que estaba perfectamente equipado, pensó, poniéndose colorada.

Afortunadamente, Cinco iba concentrado en la carretera y no pareció notarlo.

—Podríamos decir que has venido a instalar un nuevo equipo... una conexión satélite o algo así.

—Muy bien. Si tú lo dices.

—Le contaremos esa historia a todo el mundo, incluidos los peones. Mi hermana llegará de la universidad dentro de unos días, pero quizá a ella deberíamos decirle la verdad.

–Como quieras.

En ese momento el ruido del motor subió un par de decibelios.

–¿Has visto que el piloto del aceite se ha encendido? –preguntó Meredith.

–Pasa a veces. No te preocupes.

–Igual se ha estropeado algo con el bache de antes.

Cinco negó con la cabeza.

–No. Probablemente la luz esté estropeada. Tenemos dos mecánicos en el rancho, ellos le echarán un vistazo.

Pero un kilómetro después la luz seguía encendida.

–Mira, el indicador de temperatura está en lo más alto. ¿Seguro que no pasa nada?

–Meredith, tienes otras cosas de qué preocuparte. Los asuntos mecánicos los resuelven los mecánicos del rancho.

Qué comentario tan típicamente masculino, pensó ella.

–Entonces, ¿no quieres que paremos?

–Relájate. Tú de la vida en un rancho no sabes nada. Yo me encargo de esto.

Meredith tuvo que apretar los dientes para no decir algo que podría lamentar después. Le había recordado a su padre, el almirante Stanton Powell. Un hombre que la enseñó a ser un soldado, que no la dejó llorar por la muerte de su madre... un hombre responsable de muchas pesadillas que ella intentaba olvidar.

Sacudiendo la cabeza, se preguntó por qué esas viejas pesadillas habían vuelto a aparecer precisamente en aquel momento. Cinco Gentry no era su padre. Él no estaba interesado en controlar su vida, solo en protegerla. Además, no debía pagar sus frustraciones con él.

Unos segundos después empezó a salir humo del capó y Meredith tuvo que contener una risita.

—Me parece que tenemos un problema, Gentry.

—No salgas de la furgoneta —suspiró Cinco, pisando el freno—. Voy a ver qué pasa.

Por supuesto, Meredith no le hizo ni caso.

—Ya veo cómo me obedece, capitán Frosty. A ver cuándo aprendes a hacer lo que te diga. Aquí no estamos protegidos. Podría haber un francotirador en cualquier parte.

Ella levantó los ojos al cielo.

—Por favor...

41

–Muy bien. Quizá eso sea demasiado exagerado, pero yo soy el especialista en seguridad, no tú. Mi trabajo es protegerte –suspiró Cinco, sacando un móvil del bolsillo–. Voy a llamar al rancho para que vengan a buscarnos. Mientras tanto, quédate dentro de la furgoneta.

–¿Puedo echar un vistazo al motor?

Él dejó escapar un suspiro.

–Como quieras.

Meredith se inclinó sobre el capó y Cinco no pudo evitar mirarla de reojo. Desde allí tenía una buena panorámica de su trasero... tan buena que se quedó sin aliento.

¿Qué le estaba pasando? Meredith Powell ni siquiera era su tipo. Las mujeres que le gustaban solían ser más femeninas que ella. Todas eran bajitas, de pelo largo, chicas de Texas con blusas escotadas y acento sureño. Las mujeres con las que salía llevaban vaqueros y olían a flores.

Ellen. Esa imagen apareció entonces de forma inesperada. La única mujer a la que había amado. Su muerte seguía rompiéndole el corazón cada vez que se permitía a sí mismo acordarse de ella. No había podido protegerla. Y lo intentó con todas sus fuerzas.

Por eso se prometió a sí mismo no volver

a enamorarse. Nunca salía bien. Cuando se enamoraba de alguien perdía la capacidad de proteger, de cuidar.

—¿Llevas herramientas en la furgoneta?

La pregunta de Meredith lo devolvió a la realidad.

—Sí, claro que llevo herramientas.

—Necesito una llave fija del 16 y un destornillador grande.

Cinco se acercó al maletero, preguntándose si sabría localizar una llave fija del 16. Si no era así, le daría la caja de herramientas.

Después de trabajar durante diez minutos, Meredith levantó la cabeza.

—¿Quieres probar ahora?

Fría como el hielo. Seria, sobria, como un mecánico profesional. Espectacular.

Cinco metió la llave en el contacto y la furgoneta arrancó como la seda. Meredith cerró el capó y volvió a su asiento sin decir nada.

—¿Qué has hecho?

—No mucho. He colocado la correa del ventilador. Se había soltado. Pero tendrás que poner aceite y agua para compensar la que se ha perdido.

Tenía una manchita de aceite en la nariz y eso le daba un aspecto vulnerable, frágil.

Cinco tuvo que apretar el volante para controlarse.

En su cabeza, empezó a repetir lo que temía iba a tener que repetirse diariamente hasta que Meredith Powell se fuera del rancho:

«Es una clienta. La trataré como a una clienta y una amiga. No pensaré en ella de ninguna otra forma».

Pero intuía que iba a ser más fácil pensarlo que hacerlo.

A la mañana siguiente el cielo estaba completamente despejado. Una fresca brisa otoñal flotaba por el campo, haciendo que las hojas de los nogales y los robles crujiesen como las antiguas faldas de las mujeres.

Como llevaba allí toda su vida, Cinco sabía que se acercaba un temporal desde las montañas Rocosas, pero también sabía que podrían disfrutar de unos días de otoño antes de que empezase.

Era un día estupendo para enseñarle a Meredith el rancho. La idea de pasear con ella y verla caminar por el prado con sus recién comprados vaqueros le parecía muy interesante.

Había algo en su espalda recta, en su barbilla levantada que lo atraía como un imán.

Su cuerpo atlético y su seriedad despertaban en él sentimientos dormidos, sentimientos que había enterrado mucho tiempo atrás. Y su libido, desde luego.

—Te voy a enseñar los caballos. Tenemos alrededor de doscientos.

—¿Doscientos? —repitió ella. Parecía un poco nerviosa.

—Seguro que alguno te gusta.

Meredith se aclaró la garganta.

—Hay algo que... deberías saber sobre mí. No me gustan muchos los... animales.

Cinco sabía que no a todo el mundo le gustaban los animales. Pero solo era cuestión de conocerlos.

—No te preocupes. Mis caballos se portan muy bien. Estoy seguro de que te gustarán.

Capítulo Cuatro

Meredith estaba en la puerta del establo, tragando saliva mientras oía el ruido de los cascos.

Pero no quería que Cinco supiera lo asustada que estaba así que lo siguió hasta el interior. Una vez dentro, comprobó que el sitio no estaba tan oscuro. Le había parecido así desde fuera.

En el establo, iluminado por una claraboya y varios focos industriales, había multitud de cajones.

–Ven, voy a presentarte a una amiga muy particular –dijo Cinco, tomándola del brazo.

Meredith tuvo que hacer un esfuerzo para no salir corriendo.

–¿Quién?

–Mi vieja amiga Measles. Para los principiantes es la mejor.

Ella oía el ruido de los caballos que estaban en los otros cajones. Parecían mirarla todos mientras Cinco la llevaba por el pasillo y, nerviosa, intentó caminar por el centro para que no la rozasen.

–Ah, aquí está Measles –dijo Cinco entonces, acariciando la enorme cabeza de un animal–. Hola, chica. ¿Estás haciendo ejercicio últimamente?

El caballo inclinó la cabeza y lanzó un relincho que parecía un saludo, como si lo hubiera reconocido.

Cinco metió la mano en el bolsillo del pantalón.

–No pensarás que había olvidado tu regalo, ¿no? –dijo, soriendo. El animal abrió los labios y tomó algo que había en la palma de su mano, saludándolo después con otro bufido–. Buena chica. Ven a saludar a Measles, Meredith.

–Yo...

–Venga, no va a hacerte nada. Esta yegua no le haría daño a una mosca. Es tan buena que la usamos para enseñar a los niños.

Meredith estaba sudando. Pero cuando él la tomó por la muñeca apretó los dientes e intentó portarse como una adulta.

–Es que no sé...

–Mira, puedes acariciarla. Es muy simpática.

Sabía que estaba intentando animarla, que deseaba hacerla disfrutar de su estancia en el rancho y no quería parecer desagradecida... ni cobarde.

Cuando tocó la cabeza del animal, su pelaje le pareció muy cálido. Pero de repente la yegua se movió y Meredith dio un salto.

—¿Qué pasa? ¿Le he hecho daño?

Cinco la estudió durante unos segundos antes de hablar.

—Los caballos tienen sentimientos y emociones, como los seres humanos. Measles quiere atención y regalitos... como nosotros.

¿Sentimientos y emociones como los seres humanos? Pero ella no quería atención y no recordaba que nadie le hubiera hecho regalos.

—... y lo que la yegua espera de ti es que acaricies su cuello —siguió él, tomando su mano—. Mira, así. No tienes nada que temer.

Aquella vez colocó su propia mano sobre la de Meredith y ella se dejó llevar. La sensación de tocar algo vivo era extraña para ella, pero fascinante. Entonces, otra sensación, completamente diferente, la envolvió.

La proximidad de Cinco la estaba mareando. No podía pensar en el caballo, apenas recordaba dónde estaba. Sus pezones se endurecieron y estiró la espalda en un inútil esfuerzo por controlar lo que le estaba pasando. Intentó concentrarse en la yegua, pero descubrió que acariciar al animal incrementaba la sensualidad del momento.

Cinco debió sentir algo también porque, de repente, se apartó.

–Bueno, esta es una forma de conocer a un caballo –dijo, sonriendo–. Pero es mejor montarlo.

Estaba mirando la boca de Meredith mientras hablaba y ella dio un paso atrás.

–Yo... no estoy acostumbrada.

El sonido de su voz era como un puñetazo en el estómago. Y la combinación de su voz y su proximidad lo hacían desear cosas que no debía desear.

–Voy a buscar al capataz. No te vayas, vuelvo enseguida.

Necesitaba alejarse un poco. Como unos cien kilómetros.

Y necesitaba también oír su voz de nuevo, como una adicción. Pero lo que hizo fue alejarse, con los puños apretados.

Veinte minutos después, Cinco se encontró de nuevo demasiado cerca de Meredith.

Estaban apoyados en la cerca donde Measles, ya ensillada, esperaba impaciente. Él comprobaba la cincha con expresión ausente, intentando recordar qué hacían allí. Se le olvidaba hasta su propio nombre cuando Meredith estaba cerca.

—¿Por qué es tu yegua favorita? –preguntó ella entonces.

¿Yegua? Cinco sacudió la cabeza, intentando concentrarse. Esa mujer era su clienta, estaba allí para buscar protección.

—Porque desde siempre fue la más cariñosa –contestó por fin–. Measles fue un regalo de cumpleaños para mi hermana Abby y desde entonces está con nosotros.

—¿Cuántos años tenía?

—¿La yegua?

—No, tu hermana. ¿Qué edad tenía cuando empezó a montar?

Cinco lo pensó un momento. Recordaba lo feliz que Abby se había sentido al ver a la yegua. Y lo felices que eran entonces. Parecía haber pasado una eternidad.

Pero entendió la intención de la pregunta. A Meredith le daban miedo los caballos y temía hacer el ridículo por no atreverse a montar cuando podía hacerlo una niña.

—Abby tenía seis años cuando nació Measles. Crecieron juntas y aprendieron la una de la otra –contestó por fin–. Pero mucha gente no aprende a montar hasta que es mayor. Da igual la edad que tengas, lo importante es el caballo. ¿Verdad, Measles? –sonrió, pasándole un brazo por el cuello.

La yegua lanzó un relincho como respuesta y Meredith dio un paso atrás.

Cinco se preguntó entonces si lo de montar a caballo había sido buena idea. ¿No debería buscar otra ocupación para ella? No quería preguntarle directamente si le daban miedo los caballos. Al fin y al cabo no era una amiga, sino una clienta.

No, lo mejor sería montar a Measles. Y si no quería hacerlo, ella misma se lo diría.

—Mira, esta yegua es demasiado mayor como para trabajar, pero le encanta que la monten. Echa mucho de menos a Abby.

—Ya, bueno —suspiró Meredith—. ¿Y qué tengo que hacer?

—Para empezar, dejar de portarte como si fueras a la silla eléctrica.

En realidad, estar dispuesta a hacer algo que le daba miedo mostraba no solo que tenía carácter sino que estaba dispuesta a ser amable con él. Quizá podrían hacerse amigos después de todo.

Meredith apretó los dientes. Estaba decidida a descubrir qué tenía de emocionante montar a caballo y estaba decidida a hacerlo por aquel hombre al que encontraba cada vez más atractivo. Pero cuando se colocó a su lado para ayudarla a subir a la silla, se lo pensó de nuevo.

Todo estaba demasiado cerca, el caballo, el hombre... tanta proximidad hacía que le corrieran gotas de sudor por el cuello.

Aquello tenía que terminarse lo antes posible.

Media hora más tarde le pareció como si hubiera pasado una eternidad. Meredith no podía entender cómo cosas tan simples como un hombre o un caballo podían causar tanta agitación. Le daba un vuelco el estómago cada vez que tocaba a la yegua. Se le ponían los nervios de punta cada vez que Cinco la rozaba.

Él le dio una pequeña charla sobre las bridas y sobre cómo debía tratar al animal mientras Meredith rezaba para que Measles supiera cómo tratar a un ser humano.

Pero cada vez que Cinco se acercaba por detrás y notaba su aliento en la nuca, se le olvidaban todas las lecciones.

–Vamos a intentarlo otra vez. Sostén las riendas con las dos manos. El pie izquierdo en el estribo y ahora levanta la pierna derecha...

Mientras luchaba por tercera vez para subirse a la silla, Meredith pensó lo paciente que era la pobre Measles. Lo único que hacía mientras tenía que aguantar la situación era mover la cola de vez en cuando. Quizá estaba tan harta como ella misma.

De un salto, por fin consiguió subir. Al menos aquella vez estaba mirando hacia la cabeza del animal. ¿Qué le pasaba? Ella nunca tenía problemas para aprender cosas nuevas. ¿Por qué los tenía en aquel momento?

—Excelente —sonrió Cinco.

Aquella sonrisa le llegó al corazón. Pero cuando él le puso una mano en el muslo, sintió una especie de escalofrío. Intentaba escuchar sus instrucciones, pero solo podía pensar en aquellas manos sobre su cuerpo desnudo. Sabía que serían grandes, fuertes, callosas... ¿pero serían también tiernas?

—Pon atención —la regañó él.

—Es que... ¡ay!

Cinco observó, horrorizado, cómo Meredith, que había intentado volverse bruscamente, perdía el equilibrio. Y precisamente en ese momento Measles dio un paso adelante.

—¡Cuidado!

Pero era demasiado tarde. Meredith sacó el pie del estribo y cayó al suelo con un golpe sordo. Justo lo que no debería pasar.

—¡Meredith! ¿Estás bien? ¿Te has hecho daño?

–No, estoy bien. Deja de tocarme –exclamó ella, levantándose a toda prisa, como si no hubiera pasado nada.

–¿Seguro que estás bien?

–Claro que sí. Y si ese caballo se está riendo de mí, te juro que...

Cinco soltó una carcajada. Pero dejó de reír cuando Meredith lo fulminó con la mirada.

–¿Qué pasa, cariño?

Ella estaba mirando al suelo. ¿Estaría enfadada? ¿Se habría hecho daño?

Cuando levantó los ojos, Cinco se quedó paralizado. Su mirada era erótica, fascinante. Quería decir algo, pero no le salía nada inteligente. Solo podía pensar en esa mirada y se sentía tan excitado como nunca en toda su vida.

Meredith estaba colorada hasta la raíz del pelo. El escote de su blusa era tentador... y lo que podía intuir bajo la blusa aún más. Le hubiera gustado despeinarla, acariciarla, tocarla por todas partes. La imagen de Meredith excitada era suficiente para volverlo loco.

¿Qué lo estaba poseyendo? Tenía que tocarla. Tenía que besarla.

En aquel mismo instante.

Sin decir nada, inclinó la cabeza y buscó

sus trémulos labios. Y ella no protestó. Su aroma lo excitaba; una mezcla de olores completamente diferente, embriagadora. Cinco sujetaba su cintura con una mano mientras con la otra acariciaba su espalda. Sabía que no debía estar haciendo eso allí, en el corral, pero no podía evitarlo.

Meredith lanzó un gemido cuando empezó a acariciar su cuello y Cinco se atrevió a acariciar sus pechos por encima de la blusa. De hecho, se moriría si no podía tocarla y acariciarla a placer.

Oyó un ruido a sus espaldas, pero no quiso prestarle atención. Fuera lo que fuera no podía ser tan importante.

–¡Bubba!

¿Quién? Cinco se apartó, intentando volver a la realidad.

–¿Qué haces con mi yegua, hermanito? ¿Y qué está pasando aquí?

¿Abby Jo?

Era su hermana. Su hermana estaba en casa.

Capítulo Cinco

Meredith observó a Cinco abrazando y besando a aquella chica. La tomaba por la cintura y la levantaba en el aire, mientras ella reía alegremente.

–Abby, cariño. ¿Por qué no me habías dicho que llegabas hoy?

Mientras hablaban, Meredith intentó recuperar la compostura. ¿Qué había hecho? Besar a aquel hombre a la luz del día, delante de todo el mundo. No solo había dejado que la besara, le había dejado...

Evidentemente, había perdido la cabeza. Seguramente a causa del miedo que le daba el caballo. Y aquella chica, la hermana de Cinco, lo había visto todo.

Avergonzada, iba a apartarse, pero él la tomó del brazo.

–Vosotras dos tenéis muchas cosas en común.

Después de presentarlas, le explicó a su hermana quién era y por qué estaba en el rancho.

Abby fue amable, pero Meredith se dio cuenta de que miraba con cierta desconfianza a la mujer que estaba «jugando» con su yegua y con su hermano.

Y hubiera deseado que se la tragase la tierra.

–¿Piensas montar a Measles hoy?

–La pobre está muy triste sin ti –rio Cinco. Había pensado que dar un paseo le sentaría mejor que estar llorando en el cajón.

Abby le dio un puñetazo en el hombro.

–No está llorando en el cajón, tonto. Llamo todas las semanas a Jake para preguntar cómo se encuentra.

Abby era bajita y delgada, pero fibrosa. Llevaba pantalones vaqueros y un sombrero calado sobre las orejas, aunque se le escapaban algunos rizos oscuros.

Daba la impresión de ser una mujer pequeña, pero recia. Si Meredith hubiera tenido una amiga, la hermana de Cinco era el tipo de mujer que habría elegido.

Además, se alegraba de que estuviera allí. De ese modo, él no se sentiría obligado a entretenerla. Le habían gustado demasiado sus besos, pero no tenía intención de involucrarse con un hombre que quería controlarlo todo. Había tenido más que suficiente con su padre.

Además, Cinco estaba atado a su rancho. Y ella estaba deseando volver a la civilización, alejarse de cosas que no entendía. Volver a volar y rehacer su vida.

–... además, voy a necesitar a Measles y a las otras yeguas dóciles cuando empiece con mis clases –estaba diciendo Abby.

–¿Qué clases?

–Te lo conté la semana pasada. Por favor, Cinco, es que no me haces ni caso...

–Claro que te hago caso –la interrumpió él–. Sé que has dejado la universidad para venir al rancho y trabajar con los peones. Aunque no entiendo por qué quieres hacer eso en lugar de terminar el máster.

–Te lo he contado cien veces. Quiero llegar a ser capataz, encargarme de todo cuando Jake se retire a finales de año. Y para hacer eso debo conseguir que los peones me respeten –replicó su hermana–. Tengo que ser uno de ellos, mostrarles que sé hacer mi trabajo. Tú deberías saberlo mejor que nadie.

Pues sí. Abby y ella tenían mucho en común, pensó Meredith entonces.

–Abby, cariño. Ser peón en un rancho no es un trabajo para mujeres. Además, eres demasiado inteligente como para eso. Yo siempre he esperado que te encargases de todo para poder dedicarme al negocio de seguridad. Y tienes un título en dirección de empresas... ¿No era eso lo que querías?

Abby se puso en jarras. Lógico, pensó Meredith. Cinco no solo quería controlarlo todo, además era machista.

–¿No es un trabajo para mujeres? ¿De dónde te sacas eso? –le espetó.

Meredith hubiera querido decir un par de cosas también, pero aquel era un asunto de familia y ella no tenía ninguna experiencia en esos temas.

–Háblame de esas clases –sonrió Cinco entonces–. Estaba enseñándole a Meredith... bueno, cómo subir a un caballo cuando llegaste tú.

–¿No has montado nunca? –preguntó Abby.

–No estoy acostumbrada a los animales. Lo mío son los aviones.

–Todo el mundo puede acostumbrarse a un caballo, si reciben un buen entrenamiento –replicó Abby, mirando a su hermano con una ceja levantada–. Pero eso no incluye besos y manoseos.

Meredith se puso como un tomate.

–Abby, no seas mala –la regañó Cinco.

–Era una broma. ¿Te acuerdas que el año pasado di clases de equitación a los chicos de la parroquia? –le preguntó Abby.

–Sí, claro –contestó él, mirando a Meredith por el rabillo del ojo.

–Pues cuando el reverendo Johnson se enteró de que volvía a casa, me llamó a la universidad y me preguntó si quería darle clases a un grupo de chicos –le explicó ella, antes de volverse hacia Meredith–. Nuestra parroquia ayuda a chicos con problemas. Los traemos de la ciudad para alejarlos de las malas influencias porque muchos de ellos solo necesitan un poco de atención. Cada familia acoge a un par de chicos e intentan darles un hogar durante el tiempo que están aquí. Y el reverendo Johnson piensa que los caballos son una buena terapia.

–Me parece estupendo –sonrió Meredith.

–Si vas a quedarte aquí durante algún tiempo, podrías acudir a mis clases.

Ella negó con la cabeza, intentando desesperadamente buscar una razón convincente para no hacerlo, pero Abby parecía tan sincera que era imposible decirle que no.

–Por favor... seguro que será divertido. Además, a mí me vendría bien la compañía de un adulto. No soy mucho mayor que esos chicos y me pone un poco nerviosa darles clase.

–En fin, sí, supongo que podría ir –asintió Meredith por fin. En realidad, quería caerle bien. Se daba cuenta de que era una buena persona.

–Estupendo. Empezaremos mañana –dijo Abby, volviéndose de nuevo hacia su hermano–. El reverendo enviará la furgoneta de la iglesia con seis o siete chicos –añadió, cruzándose de brazos, como esperando que Cinco le llevase la contraria–. ¿Por qué no acompañas a Meredith al corral de entrenamiento mañana? Yo me encargaré de ella y me aseguraré de llevarla a casa sana y salva.

Cinco imaginaba lo que Meredith estaba pensando. La inesperada interrupción de su hermana los había pillado desprevenidos y seguramente se sentiría avergonzada.

Pero que Abby los hubiera pillado con «las manos en la masa», por así decir, a él no lo molestaba en absoluto. En realidad había sido lo mejor... antes de que las cosas llegaran demasiado lejos.

Le gustaría haberle echado un capote, pero Abby era una charlatana que no dejaba meter baza a nadie.

Mientras volvían a casa para cenar, Cinco no dejaba de pensar en la hermana que conocía tan bien y en Meredith, la mujer a la que deseaba conocer mejor. Se preguntaba si Abby sabría cuánto se parecía a su madre.

Su hermana se tomó la desaparición de sus padres peor que Cal y él porque solo tenía doce años cuando se marcharon de viaje para no volver jamás.

Su madre era una de las mejores ganaderas del estado. Dura como una piedra y capaz de hacer cualquier trabajo en el rancho, también era la mujer más buena del mundo. Cinco la echaba inmensamente de menos, pero Abby todavía más.

Su hermana había aprendido a ser dura, pero no sabía cómo ser dura y suave al mismo tiempo. Y, como hermano mayor, él no podía enseñárselo.

Y tampoco podía compensar a Meredith por el corte que había pasado. Quería que fuesen amigos... y entonces lo estropeó dándole un beso. ¿Por qué lo había hecho?

Aquella mujer despertaba en él unos sentimientos que le resultaba difícil controlar. Con Ellen había habido pasión, pero lo que sentía cuando tocaba a Meredith era diferente. Y por haber actuado como un tonto, Meredith y él estaban tan distantes en aquel momento como lo habían estado al principio. Así no se trataba a una clienta que era, además, amiga de Kyle. Debía disculparse, se dijo.

—Hay comida en el congelador. Lupe no volverá hasta pasado mañana, así que voy a meter algo en el horno. Creo que la cena estará lista en una hora.

–¿Tu hermana cenará con nosotros?

–No, ella cena con los peones. Quiere seguir su rutina al máximo.

–Ah. Y si yo no estuviera aquí, ¿te harías la cena?

–Probablemente no. Haría lo que suelo hacer, comer un bocadillo para ponerme a trabajar en los programas de seguridad.

Meredith intentó sonreír, pero fracasó miserablemente.

–¿Y si te comes ese bocadillo y te pones a trabajar? Yo no tengo mucha hambre y me apetece leer un rato, si no te importa.

–¿Seguro que no tienes hambre? Puedo hacerte un bocadillo.

Ella negó con la cabeza.

–No, gracias. Si tengo hambre más tarde bajaré a sacar algo de la nevera. Ya soy mayorcita, Cinco.

–Bueno, como tú quieras.

Tenía el estómago encogido, pero no era de hambre. Y en ese momento supo que la deseaba. Quería besarla otra vez, quería tocarla. Pero sabía que no debía hacerlo.

–Bueno, entonces hasta mañana. Nos veremos aquí a las tres, ¿de acuerdo?

Qué cobarde era. Debería hablarle inmediatamente, debería encontrar la forma de recuperar el trato amable. Tenían que hablar sobre lo que había ocurrido entre ellos, pero necesitaba tiempo porque no sabía qué decir.

Al día siguiente, mientras paseaba por la cocina esperando a Cinco, Meredith decidió que estaba en lo cierto desde el principio. Habría estado mucho mejor en una cárcel.

Siempre se había visto a sí misma como una persona madura, pero cuando aquel hombre la miraba...

Nerviosa, empezó a repasar el pequeño discurso que tenía preparado. Debía decirle que el día anterior, cuando se besaron, la había pillado desprevenida. Simplemente, estar tan cerca de un caballo la había sacado de quicio. Ella no besaba a hombres a los que apenas conocía y estaba decidida a que no volviera a pasar.

Había decidido decirle que si iba a permanecer en el rancho, quería otro protector. Cinco y ella eran como la gasolina y la llama. No estaba funcionando.

Quizá debería irse a la casa de los peones con Abby. Ella nunca había tenido una amiga de verdad, y la hermana de Cinco parecía alguien con quien podría llevarse bien. Alguien a quien le gustaba estar físicamente activa, pero que no intentaba controlar a la gente.

A pesar de que Abby la pilló en los brazos de su hermano, tenía la impresión de que le había caído bien. Además, sería más lógico estar con ella que con Cinco.

Debería haberle dicho eso el día anterior, cuando volvían del corral, pero estaba sorprendida por tanto cambio: de ardiente amante a hermano cariñoso... y de ahí a completo extraño.

Seguramente se sintió aliviado cuando apareció su hermana. Meredith se preguntó entonces si la habría notado inexperta. Después de todo, ella no tenía mucha práctica. Solo un noviazgo fracasado. Y, en realidad, en esa relación tampoco hubo muchos besos.

El día anterior no estaba segura de si se alegraba de que Abby hubiera interrumpido el beso. Aquella tarde estaba convencida de que había sido lo mejor.

Oyó pasos entonces y cuando se dio la vuelta vio a Cinco en la puerta. Seguía con el sombrero puesto y no podía ver su cara, pero tenía la impresión de que habría deseado estar en cualquier otra parte. Lo sabía porque así era exactamente como se sentía ella.

–Hola, Frosty.

Todo lo que había preparado decirle se le olvidó al verla. ¿Cómo podía empezar? Había tomado la decisión de que fueran amigos porque no quería ni pensar en la poderosa atracción sexual que había entre ellos.

Pero en cuanto la miró a los ojos...

–Yo...

Entonces recordó la rosa que llevaba escondida. Quizá así podría romper el hielo.

–Toma. Es para ti.

Esperaba alguna reacción. Quizá una sonrisa de agradecimiento. O quizá Meredith le diría que regalarle una rosa a un capitán de las fuerzas aéreas era una estupidez.

Pero ella miró la flor con una expresión que casi parecía de miedo. Era como si tuviese en la mano una serpiente de cascabel.

Y cuanto más duraba el silencio, más se deslizaba la mirada de Cinco por su cuerpo. El día anterior no había notado lo bien que le quedaban los pantalones vaqueros, cómo marcaban cada curva. Los pantalones de color caqui escondían su cuerpo, pero aquellos... aquellos pantalones lo estaban poniendo enfermo.

Tenía que contenerse, pensó. Eran amigos. Se había prometido a sí mismo que serían amigos.

Decidido a controlar la situación, Cinco se obligó a sí mismo a mirarla a la cara... y casi se le cayó la rosa. Meredith tenía lágrimas en los ojos.

–¿Qué pasa? Yo no quería hacerte llorar.

No sabía qué hacer cuando una mujer lloraba. Abby no lloraba nunca y no recordaba haber visto a Ellen derramar una sola lágrima. Y su madre, bueno quizá recordaba haberla visto llorando de felicidad alguna vez.

Pero Meredith no parecía ese tipo de mujer.

–Solo es una rosa amarilla, de amistad. Pensé que te haría sonreír. Pero si te disgusta...

–No, no. Yo... –Meredith tomó la rosa con cuidado–. Es que nadie me había regalado una rosa en toda mi vida. No sé qué decir.

–Gracias no estaría mal –murmuró Cinco–. Pero una sonrisa sería mil veces mejor.

En realidad, eso era lo que buscaba.

Meredith se secó las lágrimas, intentando sonreír.

–Gracias. Pero no sé si me merezco el regalo... especialmente una rosa de amistad.

En su opinión, se merecía todos los regalos. Toneladas de ellos. Pero sería mejor no decirlo. Amistad. Tenía que pensar en eso.

–Lo siento. Ayer... me dejé llevar en el corral. No quería avergonzarte, pero es que estabas tan.... –Cinco tragó saliva–. Bueno, me gustaría empezar otra vez desde el principio. Quiero que tu estancia en el rancho sea agradable. Sé que la situación es difícil para ti y he pensado que si nos hacemos amigos el tiempo pasaría más rápido.

Meredith estaba perpleja. Para empezar, ella no lloraba nunca. Era infantil, poco serio y su padre no se lo habría tolerado.

En segundo lugar... había estado a punto de decirle que quería irse con Abby al barracón de los peones... para no volver a verlo.

¿Qué podía hacer?

Ya no sabía qué quería. Sabía ser compañera y amiga de un hombre porque se había pasado la vida entre ellos. ¿Pero ser amiga de un vaquero con tendencia a controlarlo todo, un vaquero que le gustaba mucho y que le regalaba flores? Cinco Gentry era tan diferente de los otros hombres... además, el instinto le decía que no era amistad lo que quería de ella.

—Muy bien, Gentry —dijo, sin embargo—. ¿Cómo voy a decirle que no al primer hombre que me regala una rosa?

—Genial. Y ahora tenemos que irnos o llegarás tarde a la clase de Abby.

Ella hizo una mueca. Caballos otra vez. Aquel día estaba convirtiéndose en uno de los más confusos de su vida. Primero una rosa, luego aceptaba ser amiga de aquel hombre que le gustaba tanto. Y encima, montar a caballo.

¿Por qué no? No tenía sentido estar sin hacer nada mientras tuviera que vivir prisionera en el rancho.

Capítulo Seis

D ime, ¿cómo sabías lo de la rosa amarilla de amistad? –preguntó Meredith mientras iban al corral–. Yo pensé que una rosa era sencillamente una rosa.

Cinco lo pensó un momento. El significado de los colores de las rosas era algo que sabía todo el mundo. ¿O no?

Meredith parecía esperar una respuesta, de modo que quizá no todo el mundo lo sabía. ¿Cómo lo había aprendido él? Entonces lo recordó. La respuesta era su abuela Gentry.

–Mi abuela era una experta en rosas. Sus mejores momentos los pasaba en el jardín. Cuando fue demasiado mayor como para trabajar nos liaba a mi hermano Cal o a mí para que lo hiciésemos por ella y mientras iba supervisando.

–Parece que hay mujeres muy interesantes en tu familia.

–Sí, supongo que sí –murmuró él.

La voz de Meredith resonaba de forma extraña en su interior, como si fuera una voz ya conocida, y Cinco tenía que hacer un esfuerzo por mantener la compostura.

–Viviendo en un sitio tan aislado como este rancho todo el mundo tiene que ser fuerte para sobrevivir... especialmente las mujeres. Este no es un sitio para los flojos. Aquí hay muchos peligros esperando a la vuelta del camino.

–Ya me imagino.

–Además, hay que ser muy fuerte para cuidar el ganado, dirigir a los peones y criar una familia. Las mujeres de aquí son todas como mi abuela –siguió Cinco, observando cómo el viento jugaba con el pelo de Meredith, como si intentase deshacer su trenza–. En realidad, todas las mujeres de mi vida... todas excepto una han sido mujeres fuertes. Ahora se han ido... todas menos Abby, claro.

–Lo siento. Me habría gustado conocer a tu abuela. Debió ser estupenda.

–Lo era.

Cinco se perdió por un momento en sus recuerdos, pero el dolor que normalmente sentía al hacerlo aquella vez era solo una sensación agridulce.

Meredith intentó decir algo para consolarlo, pero no se le daba muy bien. ¿No había oído en alguna parte que las conversaciones se mantenían haciendo preguntas?

—¿No has dicho que una mujer en tu vida fue distinta de las otras?

Cinco se aclaró la garganta.

—Estuve enamorado una vez. Incluso íbamos a casarnos. Era una chica preciosa e inteligente y seguramente habría acabado odiando este rancho. Y me habría odiado a mí también si hubiera tenido oportunidad.

—¿Qué pasó?

—Que murió.

Su prometida, su novia, no tuvo oportunidad de aburrirse del rancho porque había muerto. ¿Qué debía decir?, se preguntó Meredith. ¿Debía preguntar más o cambiar de tema?

—¿Cómo murió, en un accidente?

—Te lo contaré en otro momento —contestó él, mirando al cielo—. Parece que la tormenta está más cerca de lo que yo creía. ¿Ves esas nubes oscuras en el horizonte? Es como un turista del norte que viene cargado de agua. Y de frío. Dentro de unos días empezará a nevar.

Muy bien. Habían hablado del tiempo. ¿De qué más podían hablar hasta que llegasen al corral? De la rosa, pensó Meredith.

—Dime qué decía tu abuela sobre las rosas. ¿Los otros colores también significan algo?

Cinco sonrió y esa sonrisa le pareció cautivadora.

—Me alegro de que quieras saberlo. Pensé que quizá las flores serían un tema aburrido para ti.

—No, en absoluto.

En realidad, nada de lo que Cinco contase podría ser aburrido. Sobre todo si sonreía de esa forma.

—Muy bien, vamos a ver si me acuerdo. Las blancas significan pureza, las rosas agradecimiento o admiración. Las blancas y las rosas juntas son para los funerales... en fin, pasemos a otras. Las de color rosa oscuro significan amor y respeto y las rosas rojas son para los amantes.

—¿Alguna otra más?

—Los capullos sin abrir representan un corazón que aún no se ha abierto.

—A ver si lo entiendo... si una mujer recibe un ramo de capullos rojos, él solo querrá una cosa, ¿no?

Cinco se puso colorado. Meredith lo notó y le hizo gracia. Que a aquel duro vaquero le dieran vergüenza sus palabras lo hacía parecer más humano.

Poco después llegaron al corral y la razón por la que habían ido hasta allí hizo que se le formara un nudo en el estómago.

La clase de Abby. La clase de equitación.

No podía hacer nada más que... hacerlo. Después de vacilar un momento, Meredith levantó la barbilla y siguió adelante.

Cinco entró en el establo sin darse cuenta de que Meredith no lo seguía.

–¿Estás bien, cariño? No sé por qué te dan tanto miedo los caballos, pero puedes darme la mano si quieres.

–No tengo miedo... Muy bien. Pero solo por si acaso.

Cinco no se movió. La miraba a los ojos como esperando que le contase la verdad. Y Meredith lo hizo:

–Creo que todo empezó cuando murió mi madre.

–¿Tu madre? ¿Cuántos años tenías?

–Acababa de cumplir cuatro –contestó ella, apartando la mirada.

–¿Y qué pasó con los animales? ¿Qué tiene que ver la muerte de tu madre con eso?

–Todo –murmuró Meredith–. Toda mi vida cambió cuando mi madre nos dejó. Mi padre también se comportaba como si nos hubiera dejado. Creo que siempre pensó que lo había traicionado de alguna forma...

Su expresión era de dolor y Cinco hubiera querido hacer algo, poder consolarla.

—Mira, Meredith, no tienes que contármelo si no quieres. Y tampoco tienes que montar a caballo si eso no te gusta.

—No. Tengo que contarlo. Ahora que ha terminado, necesito seguir adelante con mi vida.

Él no sabía a qué se refería, pero la dejó hablar.

—Mi madre tenía un perrito; se llamaba Hércules. No me acuerdo de qué raza, pero era blanco con mucho pelo. Y a mí me parecía el más bonito del mundo. Yo jugaba con él, pero era el perro de mi madre y la seguía a todas partes. Cuando murió, no dejaba de llorar. Yo intentaba consolarlo, pero no podía hacerlo porque solo quería buscar a mi madre —siguió Meredith, con lágrimas en los ojos—. Cuando volvimos del funeral Hércules había desaparecido y yo me puse a llorar. Mi padre se puso furioso porque lamentaba la pérdida de un animal cuando mi madre acababa de morir y me dio una charla sobre que los seres humanos no controlaban a los animales, que solo era una ilusión.

—Pero... —empezó a decir Cinco.

Ella levantó una mano.

—Déjame terminar. Por dentro yo sabía que no era verdad, que él no entendía nada sobre animales, pero tardé mucho tiempo en superar la pérdida de Hércules. No tenía a nadie a quien contárselo y era demasiado pequeña como para ir a buscarlo. Una tarde, cuando estaba jugando en el jardín, se acercó un perrillo callejero y yo le abrí la verja... pero me mordió en la barbilla. Yo creo que fue un error, porque se asustó o algo. Intenté esconder la herida, pero por supuesto mi padre se dio cuenta nada más verme. Me llevó al hospital y nunca volví a saber nada del perrito.

Meredith se calló entonces un momento.

–¿Y qué pasó después?

–No le he contado esto a nadie, Cinco. Pero necesito contarlo. Mi padre quiso darme una lección y me encerró en un armario. Después llevó un perro guardián, según él para protegerme, para que no pudiera salir. Cada vez que intentaba abrir la puerta el perro se ponía a ladrar. Estaba asustada después del mordisco del otro perrillo, así que estuve en ese armario oscuro todo el día. Soñaba con tener alas para salir volando porque me sentía perdida y sola... y tenía miedo.

Cinco la apretó contra su pecho.

–Cariño. No pasa nada. No tienes nada que temer estando conmigo.

Cuando Meredith dejó de temblar, se apartó un poco para mirarla.

—No tienes por qué obligarte a ti misma a estar con animales. Se lo explicaré a Abby y ya pensaremos en otras formas de mantenerte ocupada.

Ella dio un paso atrás.

—Mira, Gentry, no he salido huyendo de nada desde que estaba en el instituto y no voy a hacerlo ahora. No te he contado esa historia como una excusa, sino porque quería que me entendieras.

Aquella mirada fulminante le pareció lo más sexy que había visto en su vida. En unos segundos había pasado de ser una niña asustada a ser de nuevo la amazona y eso lo dejaba confundido.

Quería protegerla, tomarla en sus brazos y hacerla olvidar los malos recuerdos. Pero la fuerte y seria capitán de las fuerzas aéreas lo excitaba de una forma impresionante.

Y nada de lo que sentía en aquel momento tenía que ver con la amistad.

—Muy bien. Pues entonces, a clase. Yo tengo que hacer otras cosas esta tarde.

Meredith consiguió soportar la primera clase sin morirse del susto. Incluso soportó dos clases más durante la semana. Pero la lección de aquel día era más de lo que podía aguantar.

El frente frío llegó durante el fin de semana, cubriendo el suelo de nieve, y Abby había decidido enseñarlos a ensillar a los caballos, de modo que estaban todos encerrados en el establo.

El olor de los animales y del estiércol era opresivo. Y estar encerrada allí con tantos caballos hacía que Meredith no las tuviera todas consigo.

Nerviosa, colgó su chaqueta en un clavo en la pared para poder concentrarse en las lecciones. Para entonces ya se había acostumbrado a lo mayores que parecían aquellos chicos. Mayores y cansados para ser tan jóvenes. Pensar en ellos hacía que dejase de pensar en Cinco.

Aquel hombre era irritante.

Estaba segura de que podía confiar en él. Después de todo, le había hablado sobre la muerte de su prometida. Quizá no le contó todo sobre ella, pero parecía querer abrirse, contarle cosas de su vida. Pero ella debería darse de tortas por haberle contado aquel episodio de su infancia, por olvidar que no debía confiarle a nadie ese tipo de cosas. Nunca antes lo había hecho y no volvería a hacerlo.

Pero Cinco era tan... interesante.

Y luego el color de sus ojos. Esos ojos tan

profundos, de un color tan rico, la fascinaban. Por no hablar de su voz ronca y profunda, tan masculina.

Sin embargo, cuando le contó la razón por la que temía a los animales, empezó a portarse como un típico machito, dispuesto a decirle lo que debía hacer y cómo debía hacerlo.

Después de cinco días sin verlo, Meredith se sentía culpable. Quizá se había pasado. En realidad, Cinco solo había reaccionado como lo haría un amigo.

Y ella tenía poca experiencia con eso de los amigos.

De todas formas, él no le había dado ninguna oportunidad de disculparse. Lupe, el ama de llaves, le dijo que no quería ser molestado, de modo que Meredith pasaba el tiempo con Abby o ayudando a Lupe en el invernadero. Y también fue al gimnasio todos los días.

Incluso consiguió sobrevivir a las dos primeras clases de equitación. Pero Cinco seguía sin aparecer.

Suspirando, siguió concentrándose en la clase. Había dos chicas y cuatro chicos, todos provenientes de familias destrozadas y que se habían buscado la vida en la calle de una forma o de otra.

Meredith dejó escapar un suspiro. Cada uno tenía su propia prisión en la vida, pensó. Y la suya quizá no era tan mala como había pensado.

Al final del día, estaba asombrada de la paciencia de Abby y de lo fácil que le resultaba el trato con aquellos chicos.

—Meredith, ¿quieres venir a bailar conmigo esta noche? —le preguntó uno de ellos.

—Me temo que no tengo medio de transporte, Bryan —contestó ella—. A menos que quieras ir en uno de estos caballos que montamos tan bien.

Abby la había presentado como Meredith Jones, una experta en informática que trabajaba con Cinco, pero ella quería que la vieran como una amiga.

—Bryan es tonto —dijo una de las chicas—. Pero la verdad es que necesitamos tu ayuda esta noche. Es que queremos ir al café Roadhouse porque van a hacer un concurso de baile y una barbacoa.

Meredith miró las caras jóvenes y supuestamente inocentes. No le estaban contando toda la verdad.

—¿Nadie más puede llevaros?

—Es que todo el mundo tiene demasiadas cosas que hacer —contestó Bryan.

—¿Pero os dejan ir?

–Dicen que tenemos que ir con un adulto responsable –contestó Heather.

Meredith dudó un momento. Le encantaría salir del rancho por una noche, pero...

–Mira, habíamos pensado que podrías hacernos este favor, pero si no quieres... –dijo entonces Jack, que hablaba muy poco.

Ella sabía lo que era quedarse fuera de todo porque lo había experimentado muchas veces. Primero en el colegio, donde nunca encontró su sitio, después en la academia militar donde todas las mujeres eran un poco dadas de lado, y después en el rancho Gentry.

–Me gustaría echaros una mano, pero de verdad no puedo. Lo siento.

–¿Qué es lo que sientes, Meredith? –preguntó Abby entonces.

–Los chicos necesitan que alguien los lleve al café Roadhouse esta noche. ¿Te importaría llevarlos?

–Ah, he oído hablar del baile a alguno de los peones, pero no sabía que fuera esta noche –murmuró ella, pensativa–. Dejadme hablar un momento con Meredith, chicos.

Cuando se quedaron solas, Abby la miró con una expresión casi culpable.

–No creo que sea malo ir a ese baile. Sería bueno para ellos conocer a los chicos del pueblo, pero...

–¿Pero?

–Yo no puedo llevarlos esta noche. Tengo... otras cosas que hacer.

Meredith pensó que su nueva amiga estaba siendo innecesariamente misteriosa, pero quizá tenía una cita o algo así.

–¿Entonces?

–Puedes llevarte una de las furgonetas del rancho –siguió la hermana de Cinco–. Si no te importa hacer de chófer y de niñera, claro.

–No me importaría hacerlo, pero ¿no será peligroso? ¿Qué diría Cinco?

–No se lo diremos. Debe pensar que lo que ha contado sobre ti te aleja del peligro o te habría puesto un guardaespaldas –sonrió Abby–. Vivimos en una comunidad muy aislada y Cinco le ha contado a todo el mundo que te dedicas a la informática. Nadie sabe la verdad excepto nosotros.

Meredith sonrió.

–Estupendo, supongo que tienes razón. Además, me vendrá bien salir un poco.

–Llamaré a las familias de los chicos y después hablaré con Cinco para tranquilizarlo cuando vea que te has ido. Que lo pases bien, Meri. Pero ten cuidado con lo que dices. Recuerda la historia que habéis contado y todo irá bien.

Cinco pisó el acelerador hasta el fondo, furioso. Iba golpeando el volante y murmurando maldiciones mientras conducía hasta el pueblo.

¿Cómo podía Meredith haber hecho algo tan estúpido? ¿Dónde tenía la cabeza?

Y en cuanto a su hermana... aparentemente, Abby no se había dado cuenta del peligro. ¿Cómo podía ser tan ingenua?

Y pensar que había pasado toda la semana buscando archivos informáticos, haciendo llamadas de teléfono para encontrar información del hombre que perseguía a Meredith...

Daba igual que Richard Rourke hubiera desaparecido de la faz de la tierra o que él hubiera colocado cientos de avisos en Internet. ¿Qué hacía Meredith en cuanto se daba la vuelta? Marcharse al baile con unos críos.

Cinco apretó los dientes.

Aquella noche iba a pedirle que cenara con él, pero Lupe le dijo que se había marchado al pueblo sin decirle nada.

Cuando llegó al aparcamiento del café, frenó en seco y, colocándose el sombrero, abrió la puerta de la furgoneta. Seguramente su miedo era irracional. La identidad secreta de Meredith no tenía por qué haberse visto comprometida. Seguramente estaba a salvo.

Sin embargo... se había ido del rancho sin decirle nada, sin que él estuviera a su lado.

Y podía prepararse.

Capítulo Siete

Cinco sabía que no debía entrar en el café como un elefante en una cacharrería. Él era un hombre razonable y debería aventar su furia en el aparcamiento o quizá a un par de kilómetros de allí.

Pero no podía evitarlo.

La idea de que alguien hiciera daño a Meredith sencillamente lo sacaba de sus casillas.

Vio su pelo rubio en cuanto entró en el café. Estaba bien, pensó, conteniendo un suspiro de alivio, cuando la vio bailando con uno de los críos.

Cinco se abrió paso hasta la pista de baile. Estaban tocando una canción lenta y ella era tan guapa... ¿cómo podía haberse marchado sin decir nada? ¿Cómo podía haber puesto su vida en peligro absurdamente?

El chico con el que estaba bailando era más bajito que ella y tenía la cara llena de acné.

—Tenemos que hablar —le dijo—. Fuera —añadió, tomándola del brazo.

Cuando se alejaban oyó las protestas del chico, pero no le prestó atención.

Al principio Meredith mostró sorpresa, pero cuando empezó a tirar de ella se resistió.

–Espera un momento.

Cinco siguió moviéndose como si no la hubiera oído. No se atrevía a abrir la boca hasta que estuvieran fuera del café y tuvo que apretar los dientes para controlarse.

–¡Suéltame! –repitió ella, tirando de su brazo–. ¡Párate ahora mismo!

–Mira, Meredith...

–¡Bryan, no!

Por instinto, Cinco dio un salto hacia atrás. Al hacerlo, vio que el chico que había estado bailando con Meredith intentaba golpearlo.

–¿Qué haces, chaval? Esto no es asunto tuyo.

–Déjala en paz –insistió el chico–. Estaba bailando conmigo.

Cuando lanzó el puño directo hacia su cara, Cinco se apartó y el chico tuvo que agarrarse a una mesa para no caer de bruces al suelo.

–¡Voy a matarte! –le gritó, lanzándose de nuevo sobre él. Pero Cinco no tuvo ningún problema para sujetarlo.

–Estás haciendo el ridículo.

Un grupo de chavales consiguió apartar al muchacho, llevándoselo hacia el otro lado del café.

–¿Qué pasa aquí? –exclamó Meredith, atónita.

–Vamos –dijo Cinco, tomándola del brazo–. ¿Vas a salir para hablar conmigo o voy a tener que llevarte en brazos?

Ella lo miró, sorprendida de sí misma. La irritaba profundamente que la tratase como si fuera una niña, pero llevaba tantos días pensando en él que su corazón se disparó al verlo.

Sin embargo, que la llevase a rastras era intolerable.

Cuando estaban solos en el aparcamiento, cerró el puño y lo lanzó contra su mentón con todas sus fuerzas.

–¡Ay! –gritaron los dos a la vez.

–¿Por qué has hecho eso? –exclamó Cinco, pasándose una mano por la dolorida barbilla.

–Porque eres idiota –contestó Meredith, sacudiendo la mano–. Podrías haber esperado hasta que terminase la canción o, al menos, pedirme amablemente que saliera contigo. Si estabas preocupado de que alguien se fijara en mí, el espectáculo que acabas de montar ha superado cualquier expectativa.

Cinco la miró, con expresión culpable.

—Tienes un buen gancho de izquierda, ¿lo sabías?

Qué mono era.

—Lo siento —suspiró Meredith—. Es que me preocupa Bryan. Creo que se ha quedado muy avergonzado... pobrecillo. Y ha sido culpa mía.

—Tu «pobre Bryan» es un matón. Y no creo que esto haya sido culpa tuya.

—No debería haberte dado un puñetazo. Pegarte ha sido... una forma de intentar controlarlo todo, como haces tú. Lo siento, de verdad. ¿Qué puedo hacer para compensarte?

—¿Acercarte un poco más para ver si estoy sangrando? —sugirió Cinco.

—No creo, pero miraré a ver —sonrió Meredith. Ella nunca había tonteado con un hombre, pero con Cinco no le parecía peligroso—. A ver lo que tienes...

A pesar de que el aparcamiento no estaba bien iluminado, podía ver el moratón en la barbilla.

—¿Me has roto algo?

—Parece que te he dado más fuerte de lo que pensaba. Lo siento muchísimo.

Estando tan cerca podía oler su chaqueta de cuero y sentir el calor de su cuerpo... algo que provocaba en ella una reacción inesperada, extraña. Sin pensar, se puso de puntillas y le dio un beso en los labios. Solo fue un roce, pero le temblaron las piernas. Y entonces, sin saber por qué, se abrazó a su cuello. Cinco la tomó por la cintura y cuando Meredith lo miró a los ojos casi dio un paso atrás al ver la pasión que había en ellos.

Pero era demasiado tarde.

Él empezó a besarla en los labios, al principio suavemente, mordiéndola despacito. Y después la besó con una pasión que los consumía a los dos.

Algo crecía en el interior de Meredith, algo con las proporciones de una montaña... y sintió como si cayera a un precipicio. Cuando se separaron, los dos estaban sin aire.

—Yo... no suelo besar a hombres en público.

En realidad, nadie la había besado como Cinco, ni en público ni en privado.

—¿Ah, no? ¿No has tenido novio? —sonrió él.

—No he tenido muchos... bueno, una vez estuve prometida. Supongo que tú eres el segundo hombre que me ha besado.

Seguían estando muy cerca, apretados el uno contra el otro.

–¿Y eso? ¿Por qué?

Meredith se encogió de hombros.

–No tenía tiempo. Ni ganas.

¿Cómo podía explicárselo? Pero él la miraba, confuso.

–¿Recuerdas lo que te conté de mi padre, el almirante Stanton Powell?

–Sí, claro.

–Desde la muerte de mi madre, controlaba todos los aspectos de mi vida... hasta mis pensamientos. Lo que comía, lo que me ponía, quiénes eran mis amigos... o no lo eran. Cada detalle de mi vida ha sido planeado y ejecutado con precisión militar.

–No te dejaba salir con chicos.

–No –asintió ella–. Ni hacer lo que hacían otras chicas.

–¿Qué hacías en las vacaciones? –preguntó Cinco.

–Estudiar. Clases de autodefensa, aprendí a navegar, a volar... Mi padre me mantenía demasiado ocupada como para echar de menos una vida normal.

–¿Y en la universidad?

–Mi padre decidió que fuese a la academia militar.

–¿Y por qué no te rebelaste? ¿Por qué no te fuiste de casa? Pareces una mujer tan independiente...

Era una pregunta que Meredith se había hecho millones de veces. Pero cuando Cinco le preguntó, supo cuál era la respuesta.

–Cuando era pequeña, mi padre siempre me decía que debía hacer lo que él quisiera para probar que lo quería. Para convencerlo de que merecía la pena el esfuerzo que hacía conmigo.

–¿Y si no?

–Entonces me dejaría, como mi madre. Se marcharía para no volver nunca –contestó Meredith, con la voz rota.

–Cariño...

–Por fin, cuando llegué a la academia, dejó de controlar mi vida y yo intenté la audacia de hacer amigos, de salir con chicos. Pero no tenía experiencia y temía decepcionar o avergonzar a mi padre. Debería haberme dado cuenta entonces de que seguía controlándome a distancia. Pero me enamoré... o pensé que estaba enamorada del primer chico que me prestó atención. Unas semanas más tarde estábamos prometidos...

–Meredith, no tienes que contármelo. Creo que lo entiendo.

Pero ella lo miraba con tal determinación que tenía que dejarla terminar.

–Hacer el amor con él no significaba nada para mí. No me emocionaba, no sentía nada. Pero pensé que era así para todo el mundo –siguió Meredith, apartando la mirada–. Nada de lo que hacíamos era como lo que leía en las novelas... o lo que experimento contigo. Nada.

Cinco no sabía qué decir o qué hacer, de modo que se metió las manos en los bolsillos del pantalón.

–¿Qué pasó con ese novio?

–Yo pensé que era culpa mía, que le exigía demasiado. Pero entonces... mi prometido dejó la academia, me dijo que habíamos roto y desapareció –los ojos de Meredith se llenaron de lágrimas al recordarlo–. Un año después me enteré de que mi padre lo había amenazado con arruinar su carrera si seguía conmigo.

–Qué horror. Supongo que te pondrías furiosa –murmuró Cinco.

–No, en absoluto. Para entonces estaba muy comprometida con mi carrera. En realidad, casi le agradecí que me hubiera hecho ver el error que estaba a punto de cometer. Desde entonces, no he vuelto a encontrar tiempo ni ganas para conocer a nadie.

–¿Y cuando eras la piloto del general? ¿Tampoco entonces tenías tiempo para salir con chicos?

Meredith sonrió.

—Bueno, entonces empecé a pensarlo... muchas veces.

Cinco hubiera deseado besarla de nuevo, darle un poco de ternura a aquella mujer cuya vida era tan inusual.

—Hace unos años mi padre sufrió un infarto. Se retiró del ejército y me suplicó que fuera a vivir con él. No podía decirle que no. Después de todo, era mi padre.

—¿Y lo hiciste?

—Claro. Me controló hasta el día que murió. No sé por qué dejé que lo hiciera...

—No te culpes a ti misma. Eso no era amor, era control total.

—Lo sé muy bien. Y sé que nunca pude cortar con ello. Francamente, me duele decirlo pero me alegro de que... ya no esté.

Cinco la abrazó entonces, sintiendo como si un puño apretara su corazón. Su familia había sido muy diferente. Él nunca había dudado del cariño de sus padres y nunca podría alegrarse de su desaparición. Pero podía entender que Meredith sintiera de esa forma.

Mientras la abrazaba, se preguntó sobre sus sentimientos por aquella mujer espectacular y complicada. Quería consolarla, mostrarle lo que era el amor verdadero...

Ese pensamiento lo sorprendió, pero no

quería darle demasiadas vueltas a lo que le pasaba por dentro. Lo pensaría más tarde.

Por el momento, se prometió a sí mismo protegerla no solo del daño físico sino emocional, con su vida si fuera necesario. Meredith había sufrido demasiado y quería que supiera que a él le importaba de verdad, que él nunca la dejaría.

Un claxon sonó en alguna parte y los dos se apartaron a la vez.

—¿Qué hora es? —preguntó Meredith.

—¿Eh? —murmuró Cinco, perdido en sus pensamientos.

—La hora. Le prometí a Abby que llevaría a los chicos a casa a las diez.

Cinco no llevaba reloj, pero miró al cielo como si las estrellas pudieran darle orientación.

—Deben ser alrededor de las diez.

—Bueno, voy a buscarlos entonces. Intentaré arreglarlo con Bryan porque supongo que estará muy enfadado.

—Es joven, se le pasará. Dale un poco de tiempo —sonrió él, pasándose una mano por la barbilla—. A mí sí que me va a costar curar este cardenal.

Meredith soltó una carcajada... y el mundo se detuvo para Cinco.

Se dio cuenta de que haría cualquier cosa por verla reír otra vez. De repente, su felicidad era lo más importante. Meredith había empezado el proceso de curar una herida que llevaba mucho tiempo sangrando en su corazón.

En ese momento, unos cuantos chicos salieron del café.

–Meredith, tenemos que irnos.

–Ahora mismo, Heather. Voy a buscar a los demás.

–Es que Bryan ha desaparecido –dijo la chica entonces.

–¿Qué? ¿Habéis mirado en los lavabos?

–Sí, hemos mirado en todas partes. Jack ha preguntado a todo el mundo, pero nadie lo ha visto.

–No es un niño, seguro que se habrá ido a casa por su cuenta –dijo Cinco–. Le habrá dado vergüenza el numerito, pero no pasa nada. Le dejaré mi número de teléfono al dueño del café, por si aparece por aquí. Además, podemos llamar a su familia.

Meredith se mordió los labios. Si le pasaba algo a Bryan no se lo perdonaría a sí misma.

Las cosas empeoraron para Meredith. Cuando llegó al rancho, alrededor de las diez y media, llamó a casa de la familia de acogida de Bryan. No había vuelto y estaban preocupados.

—Tranquila, lo encontraremos. No pudo haber ido muy lejos yendo a pie –intentó calmarla Cinco.

—No es un mal chico, es que ha tenido una vida difícil. Y no me perdonaría a mí misma si...

—Cariño, no fue a ti a quien intentó dar un puñetazo.

—Tienes razón. Pero le prometí a su familia que lo devolvería a casa sano y salvo.

—La culpa es mía y punto –insistió él–. Por eso voy a levantar a los peones. Lo encontraremos esta misma noche, te lo aseguro. Voy a llamar a Abby.

—¿Abby? Pensé que esta noche tenía algo que hacer.

Cinco levantó una ceja.

—¿Esta noche? Ah, claro, la partida de póquer. ¿No te lo ha contado? Es la reina del póquer.

Meredith sonrió. Sí, eso parecía muy propio de una chica como Abby Gentry.

Cinco llamó al barracón de los peones, que se pusieron en movimiento enseguida, pero tres horas más tarde Bryan seguía sin aparecer.

Por fin, a las tres de la mañana, la familia de acogida llamó para decir que acababa de llegar. Aparentemente, se había encontrado con un vecino a la salida del baile y se quedaron charlando en el coche sin darse cuenta de la hora.

Cinco y Meredith volvieron al rancho agotados, esperando poder dormir unas cuantas horas. Pero afortunadamente no había pasado nada. Eso era lo único importante.

Meredith se quitó las botas y se metió en la cama sin quitarse la ropa, lavarse los dientes o deshacer la trenza. Lo haría por la mañana.

Pero cuando apoyó la cabeza en la almohada no podía dormir. Y no podía dejar de pensar en Cinco, siempre pendiente de todo. De su hermana Abby, de su hermano, del rancho, de ella...

Ella sabía cuidar de sí misma, pero no le importaría que Cinco Gentry cuidase de sus «necesidades físicas» de esa forma suya tan especial.

Nunca le había gustado tanto besar a un hombre. Pero quizá estando en un rancho alejada de todo, con un vaquero tan especial...

Pensar en él la hacía sonreír, la relajaba.

Pero las pesadillas empezaron en cuanto cerró los ojos. Viejas pesadillas de perros rabiosos y sitios oscuros que la hicieron despertar, sobresaltada.

Volvió a dormirse poco después y despertó de nuevo antes del amanecer, cubierta de sudor. Se quitó la ropa, deshizo la trenza y abrió la ventana para que entrase un poco de aire fresco.

Las sombras no parecían amenazadoras a la luz de la luna, todo lo contrario. Y la brisa acariciaba su piel, llevando el delicioso aroma de los robles.

Mientras estaba admirando el paisaje vio algo brillando en la oscuridad, medio escondido detrás de un árbol. Algo o alguien. Guiñando los ojos, Meredith intentó ver qué era y por fin distinguió la brasa de un cigarrillo. Había alguien fumando no lejos de su ventana.

Intentando controlar los nervios, se dijo a sí misma que el rancho era el sitio más seguro para ella, que nadie podría haber averiguado que estaba allí. Intentó descifrar el aspecto del hombre, pero no podía verlo. Solo que era más bien bajito, de modo que podría ser una mujer.

Y entonces recordó al hombre delgado y bajito que había asesinado al general VanDerring: Richard Rourke.

Meredith, llevándose una mano al corazón, dio un paso atrás. En la oscuridad y nerviosa como estaba se chocó con algo y entonces hizo lo que no había hecho jamás: ponerse a gritar.

Capítulo Ocho

Cinco estaba sentado al borde de la cama cuando oyó gritar a Meredith. Algo... una extraña aprensión lo había despertado unos minutos antes.

Había dejado entreabierta la puerta de su habitación, por si acaso y, afortunadamente, se había quedado dormido con la ropa puesta, de modo que salió corriendo a tal velocidad que sus pies apenas tocaban el suelo.

—¿Meredith?

Solo la luz que entraba por la ventana aliviaba la oscuridad del cuarto. Pero fue suficiente para verla al lado de la cama, tapándose con una manta.

—Meredith, ¿te encuentras bien?

Cinco encendió la luz y la vio pegada a la cama. No parecía tanto asustada como avergonzada. Estaba como un tomate.

—¿Te he despertado? Perdona, no quería molestarte...

—¿Qué pasa?

Ella sacudió la cabeza, como aturdida.

—Yo nunca grito.

Cinco le puso una mano en el hombro, pero tenía que hacer un esfuerzo para no abrazarla.

—¿Qué ha pasado, cariño?

—Es la primera vez, de verdad —insistió Meredith. Pero él seguía mirándola, esperando una respuesta—. Maldita sea, si la seguridad en este rancho fuese tan buena como dices, esto no habría pasado.

—¿Qué ha pasado?

Meredith señaló hacia la ventana.

—Ahí fuera. He visto a un hombre... observándome.

Cinco se volvió inmediatamente.

—¿Quién? ¿Cómo?

—Seguro que ya se habrá ido. Si era Richard Rourke no se habrá quedado por ahí después de oírme gritar como una posesa.

—¿Rourke? ¿En el rancho? Imposible. No habría podido llegar tan lejos sin que lo viera alguien. Hay cercas y vallas por todas partes.

—Sé que este rancho es seguro, pero también sé que había alguien observándome.

—Cariño, ¿qué es lo que viste exactamente?

—No me hables como si fuera tonta. He visto a un hombre del tamaño de Rourke escondido entre las sombras, fumando un cigarrillo. ¿Alguno de tus peones estaría ahí fuera, fumando a estas horas?

Cinco negó con la cabeza.

—No permitimos que se fume cerca de los pastos. El fuego es un problema tremendo en esta parte del estado. Además, los peones prefieren tabaco de mascar. ¿Seguro que no estabas soñando?

—¿Tú qué crees? ¿Crees que me pondría a gritar como una loca si estuviera soñando?

En lugar de responder, Cinco se acercó a la ventana y echó un vistazo al exterior.

—Vístete. Voy por una linterna y un rifle. Pero no creo que haya nadie ahí fuera.

—Voy contigo.

—No...

—Voy contigo —insistió Meredith.

Cinco contó hasta diez, pero decidió no discutir. Estaba seguro de que no había ningún peligro en el rancho. El peligro estaba allí, a su lado, con Meredith apenas cubierta por una manta, ruborizada, con la trenza deshecha.

Tenía un pelo precioso que hubiera deseado acariciar... y la imagen de ese pelo suelto cubriendo su cuerpo desnudo hizo que empezase a apretarle el pantalón.

Cinco salió de su cuarto para buscar el rifle y, cuando llegó a la puerta, ella ya estaba esperándolo, vestida y con las botas puestas. No había vuelto a hacerse la trenza... pero no era el momento de pensar en su pelo; la seguridad de Meredith estaba en peligro y eso era lo único importante.

–Quédate aquí. He llamado a un par de peones para que vengan conmigo.

Meredith intentó discutir, pero él se mantuvo firme. Estaba seguro de que no encontraría nada, pero por si acaso...

Unos minutos después estaba bajo su ventana, comprobando el sitio desde donde supuestamente alguien había estado espiándola.

Era imposible que Rourke hubiera estado allí. Y en cuanto a sus peones, los conocía de toda la vida y no creía que ninguno hubiera desobedecido las reglas. Además, nadie habría sido tan estúpido como para fumar precisamente bajo la ventana de Meredith.

Tenía que haber sido un sueño.

Cinco iluminó el suelo con la linterna, pero solo había hojas y algunas flores secas... y una colilla. Maldición. Era una colilla de cigarrillo. Y cuando se fijó más de cerca, vio que las hojas estaban pisoteadas. El cigarrillo seguía caliente, de modo que era cierto: alguien había estado bajo la ventana de Meredith fumando un cigarrillo menos de diez minutos antes.

Qué estúpido había sido al no creerla. Enfadado consigo mismo y temiendo por la seguridad de Meredith, corrió hacia la casa.

No volvería a alejarse de ella, se juró. A partir de entonces la vigilaría día y noche. Dijera Meredith Powell lo que dijera.

Meredith hizo lo que le pedía porque se daba cuenta de que estaba preocupado. Además, un problema de seguridad en el rancho Gentry era un golpe para su orgullo.

Durante los días siguientes, Cinco no se apartó de ella ni un minuto. Mientras atendía a sus tareas, Meredith estaba a su lado; cuando buscaba en Internet el paradero de Rourke, Meredith se sentaba en el despacho o jugaba con el ordenador. Y, además, le había puesto un vigía, un vaquero bajo la ventana de su habitación.

Pero pasaban los días sin incidente alguno. Y no había ni rastro del hombre que había fumado el cigarrillo.

Una mañana, Meredith se encontró en la cocina ayudando a Lupe a hacer una tarta de cerezas mientras Cinco se dedicaba a probar las mezclas con una cuchara.

Meredith no sabía cocinar porque nunca

había tenido oportunidad, pero le gustaba charlar con Lupe y, además, así mataba el tiempo.

El ama de llaves del rancho Gentry era una mujer generosa y de muy buen corazón, además de muy competente en la cocina. Era gordita y a Meredith le encantaba ver el brillo de sus ojos oscuros cuando le tomaba el pelo a Cinco.

–¡Por fin te encuentro! Te he estado buscando por todas partes –exclamó Abby, entrando en la cocina–. Necesitamos tu ayuda.

–Bueno, pues ya me has encontrado. ¿Qué pasa? –preguntó Cinco.

–¿Quieres un vaso de agua? –preguntó Meredith.

–No, gracias, estoy bien, Meri. Es que he venido corriendo –contestó Abby–. No pasa nada grave, pero Jake me ha pedido que te pregunte si puedes echarnos una mano esta tarde. Ayer mandó a cuatro peones a Amarillo y ahora le falta gente porque Jim Ed Bingham se ha cortado una mano con la alambrada y Lawrence Hutchins tiene la gripe. Estaba ayudándolo a cargar balas de paja cuando se puso a vomitar... qué asco.

–¿Y?

Abby le dio un golpe en el pecho.

–Pues que podrías ofrecernos tu ayuda

ahora que la necesitamos. Por lo visto, se ha perdido un potro en la zona sur y hay una manada de coyotes merodeando por ahí.

—¿Jake quiere que vaya a buscar al potro?

—Si no es demasiado problema para el jefe echar una mano...

—¿Por dónde anda el potro? ¿Debemos ensillar un par de yeguas?

Meredith oyó el «debemos» y se preparó para la mala noticia.

—Solo está a un kilómetro del pasto de la sección veintinueve. Podéis ir en la furgoneta. Usa la radio para hablar con Jake, él te explicará por dónde puedes buscarlo —dijo Abby.

—Meredith vendrá conmigo. Vamos, cariño. Ponte la chaqueta, tenemos trabajo.

Meredith le pidió a Lupe que no cortase el pastel sin ella y salió al pasillo para buscar su chaqueta. Una hora más tarde, cuando el sol estaba en lo más alto, se encontró en el asiento de la furgoneta dando botes hasta que encontraron el lugar que Jake les había indicado por radio.

—Maldito potro —murmuró Cinco—. Las ovejas son tontas y se meten por donde nadie las llama, pero se supone que los caballos son más listos o no usaríamos estos pastos.

—¿Hay ovejas en el rancho? —preguntó Meredith.

—Has visto demasiadas películas del oeste —rio él, saltando de la furgoneta—. Los ranchos tan grandes como el Gentry tienen ovejas además de vacas, incluso cabras en algunos casos. Ganamos dinero con todo lo que podemos —añadió, sacando una cuerda de la parte de atrás—. De hecho, hemos alquilado dos pastos para este invierno.

—Es asombroso. No tenía ni idea.

Cinco sonrió. Le gustaba hablar de su rancho y le gustaba que ella lo respetase. No sabía por qué quería impresionarla. En realidad, Meredith se marcharía en cuanto los federales hubieran conseguido encontrar a Rourke. Ni ellos ni el comisario creían que estuviese por allí, a pesar del episodio del cigarrillo.

Poco después llegaron al sitio indicado y encontraron al potro enganchado en unos arbustos. Cinco no tuvo problema para echarle el lazo, pero notó que cojeaba. Tenía una pequeña herida en una de las pezuñas.

—Tengo que curar esa herida. ¿Puedes sujetar la cuerda mientras yo vuelvo a la furgoneta? Háblale, está un poco asustado. Intenta que se calme.

También ella parecía un poco asustada.

Pero tomó la cuerda y se volvió para mirar al potro, que estaba moviendo las orejas.

Cinco sacó el botiquín de la furgoneta y cuando se acercó Meredith le estaba pasando la mano por el lomo, hablándole suavemente al oído.

–Buen trabajo –murmuró–. Parece que lo has hipnotizado.

Como había hecho con él, pensó.

–Es monísimo. ¿Sabes que se ha calmado en cuanto empecé a hablarle? Solo tenía un poco de miedo, el pobre.

Cinco sacudió la cabeza. Dos seres asustados se encontraban el uno al otro y, aparentemente, se hacían amigos.

–Sujétalo mientras le curo la herida. Después lo sacaremos de aquí.

–¿Cómo se llama? –preguntó Meredith.

–No le ponemos nombre a los potros. Todos tienen una marca, pero no les damos nombre hasta que tienen seis meses. Además, no son mascotas, son animales de trabajo.

Ella puso tal cara de pena que Cinco decidió darle una oportunidad.

–Pero si tú quieres ponerle un nombre...

–Dickens.

–¿Dickens, de verdad?

–Es un nombre muy bonito.

Mientras él atendía la herida, Meredith acariciaba el cuello del animal, su nuevo amigo. Y cuando volvieron al establo para meterlo en el tráiler con destino al veterinario, insistió en que alguien debía quedarse con él para que no tuviera miedo.

Cinco dejó escapar un suspiro. No le hacía gracia separarse de ella, de modo que llamó a Abby por el móvil. Afortunadamente, su hermana había terminado de hacer las faenas y se prestó de inmediato.

Meredith estaba cansada, pero llena de entusiasmo cuando Cinco y ella por fin volvieron a casa por la noche. El rancho empezaba a parecerle diferente. ¿Quién lo hubiera dicho? Ella acariciando a un potrillo... incluso poniéndole nombre.

Unos minutos antes de cenar, corrió a la cocina para hacerle algunas preguntas a Lupe sobre la persona que dirigía el rancho Gentry.

Como esperaba, Lupe seguía ocupada con el pastel.

—Siéntate y hablaremos, hija.

—¿Puedes contarme algo de Cinco?

El ama de llaves se volvió, con una ceja levantada.

—¿Qué quieres saber?

–Pues... ya sé que es un hombre básicamente bueno. Y que es un loco de la seguridad. Pero, ¿cómo era de niño?

–Cinco siempre ha sido un chico de rancho –sonrió Lupe–. Era el mejor con los animales. Todo el mundo creía que iba a ser veterinario. Y entonces, cuando Cinco tenía doce o trece años, su padre trajo un ordenador a casa para hacer la contabilidad y a partir de ahí lo único que le interesó fueron los ordenadores –añadió, dejando el bol con harina y azúcar sobre la mesa–. ¿Quieres terminártelo?

Meredith no lo dudó un momento.

–¿Qué pasó con sus padres?

–Ha habido muchos rumores durante todos estos años. Ya han pasado casi doce, pero lo recuerdo como si fuera ayer. Pasaba algo raro unos meses antes de que desaparecieran –dijo Lupe, mirando hacia atrás–. Recibían llamadas a altas horas de la noche y se fueron del rancho un par de veces con el abogado, el señor Adler... Nunca se habían marchado tantos días dejando solos a los chicos.

–¿Cómo murieron?

–Desaparecieron... mientras navegaban en el yate del señor Adler. Yo creo que Cinco nunca creyó que estuvieran realmente muertos. La familia hizo un funeral y se pusieron unas lápidas en el cementerio, pero los cuerpos nunca han sido encontrados.

–¿Eso fue hace doce años? ¿Cuántos años tenían Cinco y sus hermanos?

–Abby tenía doce, la pobrecita. Cal estaba terminando el instituto y Cinco... –Lupe dejó escapar un suspiro– Cinco tenía diecinueve años y estaba estudiando informática. Cuando ocurrió, volvió al rancho para encargarse de sus hermanos y todo lo demás.

–¿Él solo?

–Me tenía a mí –sonrió el ama de llaves–. Y al señor Adler para que lo ayudase con el papeleo... y a Jake Gómez, el capataz, que ha sido como un segundo padre para Abby.

Meredith imaginaba lo difícil que debía haber sido para Cinco siendo tan joven. Era lógico que la seguridad fuese tan importante para él. Pobrecito.

Entonces, el «pobrecito» en cuestión apareció en la cocina.

–Hola, guapas. ¿Cenamos?

Estaba espectacular, «el pobrecito». Tenía el pelo húmedo de la ducha y llevaba unos vaqueros nuevos y una camiseta blanca que marcaba sus pectorales.

Meredith se levantó de la silla y descubrió que le temblaban un poco las piernas.

—Ayúdanos a poner la mesa —dijo Lupe.

Después de cenar, Meredith lavó los platos, Cinco los secó y Lupe los colocó en el armario. Era un ambiente tan agradable que se encontró pensando algo absurdo: le gustaría que no terminase nunca.

—Hola a todos —entró Abby saludando—. ¿Ya habéis cenado? Ah, pastel de cereza. ¿Me dais un poco?

—Siéntate como una señorita... con una cucharilla —la regañó Lupe cuando vio que iba a tomar un pedazo con la mano.

—¿Qué pasa ahora? —preguntó Cinco, secándose las manos.

—Jake se ha vuelto a quedar sin hombres y ahora parece que Maggie tiene un problema. No debería parir hasta dentro de una semana, pero Jake dice que muestra señales de parto.

—Muy bien. Que la atienda el doctor Wright.

—Es que el doctor Wright está en una convención y Jake quiere saber si podrías quedarte en el establo con Maggie esta noche, por si acaso. Como tiene a todos los hombres trabajando...

Meredith sabía lo cansado que estaba, pero cuando aceptó quedarse con la yegua no le sorprendió lo más mínimo.

–Probablemente no tendremos que hacer nada –dijo Cinco, acariciando el cuello de Maggie–. Jake le ha dado un calmante que no interfiere con el parto, por si acaso.

A las diez, la llevó a una habitación en el interior del establo donde el veterinario solía esperar a que las yeguas pariesen. Había mesas y un sofá de cuero, incluso una cocinita con cafetera. Bajo la repisa, una mini nevera y un estéreo.

–Todas las comodidades de un hogar –sonrió Meredith.

Cinco dejó sobre la repisa la cesta de comida que Lupe les había preparado, por si tenían hambre durante la noche.

–Ojalá tuviese un ordenador aquí. Esto de esperar es tan aburrido que solemos hacer turnos para dormir un rato.

–Bueno, no importa. Por ahí he visto unas revistas que no he leído –sonrió ella, sentándose en el sofá–. Siéntate un rato.

Lo había dicho demasiado rápido. Porque cuando Cinco se dejó caer a su lado, Meredith descubrió que el sofá, incluso toda la habitación, eran demasiado pequeños.

Había sido un error.

Capítulo Nueve

Siéntate, cariño. Me agoto solo de verte pasear –dijo Cinco, bostezando.

Durante media hora, Meredith había estado paseando por la habitación. En cuanto él se sentó en el sofá, ella se levantó de un salto.

–Es que no puedo estar sentada.

–Maggie está perfectamente, mujer. ¿Por qué no te relajas un poco? Voy a comprobar si está bien y después apagaré la luz para dormir un rato.

–De acuerdo.

Cuando volvió unos minutos después, Meredith seguía de pie, con una taza de café en la mano. Al acercarse, Cinco vio que tenía ojeras. Parecía tan agotada que se preguntó cómo se mantenía de pie.

–Siéntate, por favor.

Ella no dio un paso, de modo que tuvo que empujarla suavemente hacia el sofá.

–Bueno, bueno, sin empujar.

Cinco apagó la luz y se encendieron las luces de emergencia. Solo entonces Meredith decidió sentarse, completamente tiesa, como si esperase que el techo cayera sobre ella de un momento a otro... o que Richard Rourke apareciese por la puerta. Pero no iba a ocurrir ninguna de esas cosas.

–Pareces muy cansada. ¿Por qué no te quitas las botas? Si quieres, puedo darte un masaje en los pies.

–Pues... –Meredith lo miraba como si él fuera el propio Richard Rourke.

–Venga, te gustará –sonrió Cinco, tirando de una bota–. ¿Lo ves? ¿No te encuentras mejor así?

–Sí, bueno.

Cinco empezó a darle un masaje en la planta del pie y sintió un escalofrío. Era una sensación rara, como si estuviera tocando una piel conocida, una piel amada. Al tocarla sentía como una corriente eléctrica. Y sabía que Meredith lo había sentido también.

De modo que era de él de quien tenía miedo, no de Rourke.

Le daba miedo lo que estaba pasando entre ellos. Y a él también. Pero Meredith debía saber que estaba allí para defenderla, no para atacarla.

–Cariño, intenta relajarte –murmuró, levantándose para llenar una palangana con agua caliente–. Toma, mete los pies.

–Gracias.

–No quiero hacerte daño, Meredith. Ni ahora ni nunca. Solo quiero protegerte.

Por fin, ella sonrió.

–Lo sé.

Esa sonrisa debería haber disipado sus dudas, pero tuvo el efecto contrario: lo puso más tenso. Cinco solo podía pensar en besarla de nuevo y tuvo que tragar saliva. Lo mejor sería hacer algo divertido, gastar una broma, antes de que sus pensamientos lo llevasen donde no debía ir.

Sin planearlo, sin pensarlo siquiera, levantó uno de sus pies y le dio un mordisco en un dedo. Esperaba que ella soltase una carcajada, pero se equivocó.

Meredith abrió los ojos como platos. Y entonces, apartando el pie, se echó en sus brazos.

Y Cinco supo que estaba perdido.

Sus labios eran tan suaves y tan húmedos como recordaba. Y sabía a pastel de cerezas. Y él quería más, pero no podía ser. Meredith lo estaba besando y eso era lo único que iban a hacer, de modo que se concentró en sus labios, poniendo en aquel beso todo lo que llevaba dentro, todos esos sentimientos que lo confundían.

–¡Vaya! –exclamó Meredith, apartándose unos segundos después–. Nunca había besado a nadie así. Vamos a hacerlo otra vez.

Sonriendo, Cinco apartó un mechón de pelo de su frente.

–Como tú quieras, mi amor.

Acariciaba su pelo mientras la besaba y, cuando tomó su mano para darle un beso, el roce le pareció erótico, cargado de sensualidad. Entonces la besó en el antebrazo, chupándolo con la punta de la lengua... Meredith ahogó un gemido y se apretó contra él, besándolo en el cuello y en la barbilla, buscando sus labios de nuevo. Deseaba eso. Deseaba a Cinco.

No recordaba haber deseado nada como deseaba a aquel hombre.

Sus lenguas se encontraron, acariciándose, bailando. Eso era lo que quería. Más que eso.

–Hazme el amor, Cinco –dijo en voz baja.

Sintió que sus pezones se endurecían de anticipación y, cuando miró la cara del hombre, vio el mismo deseo. Pero él no se movió, solo la miraba como si quisiera salvarla de algo... probablemente de sí mismo.

Pero era demasiado lento. Meredith tiró de su camiseta y se la quitó de un tirón.

–Por favor. Ahora... ahora mismo.

Cinco empezó a desabrochar su camisa y la abrió para mirar aquellos pechos que tanto había deseado... y entonces dejó de pensar en absoluto. Ninguna mujer le había pedido que le hiciese el amor. Era algo más que sensual, era estremecedor.

–Meredith...

–Tócame ahora.

Ahogando un gemido, él inclinó la cabeza para rozar uno de sus pezones con la lengua. Lo chupó, observando cómo se endurecía más, cómo ella arqueaba la espalda para recibir la caricia.

Mientras chupaba y lamía ese pezón, acariciaba el otro con la mano libre. Meredith enredó los dedos en su pelo y cerró los ojos cuando Cinco desabrochó la cremallera de su pantalón. Entonoces metió la mano para acariciar el suave vello entre sus piernas. Estaba caliente y húmeda y eso casi lo hizo perder el control.

Al oírla gemir, tiró de los pantalones mientras ella alargaba la mano para desabrochar su cinturón. Unos segundos después, la ropa de Cinco estaba en el suelo y Meredith lo miraba de arriba abajo. Parecía insegura, sin saber qué hacer.

–¿No quieres parar? –preguntó él con voz entrecortada–. Tú decides. Haremos lo que tú quieras. Lo que te apetezca.

Lo mataba decir eso, pero tenía que hacerlo.

En lugar de responder, Meredith dejó escapar un largo suspiro. El brillo de sus ojos lo excitaba tanto que se colocó a su lado en el sofá, besándola desde el cuello hasta el estómago, bajando hacia la delicia que lo esperaba entre sus piernas.

Se tumbó sobre ella entonces, inclinando la cabeza para besar y chupar el delicado regalo. Meredith levantaba las caderas, gimiendo, murmurando su nombre.

—Yo nunca... es demasiado...

Cinco no habría podido parar aunque quisiera. Y unos minutos después sintió que un temblor crecía dentro de ella, una constricción de los músculos. Un temblor que pronto se convirtió en un volcán de dulzura. Mareado y más excitado de lo que lo había estado en toda su vida, Cinco jadeaba para buscar aliento.

Aquello era demasiado, pero... ¿qué haría si Meredith quisiera parar? Nunca la obligaría a nada, por supuesto.

—Cinco... nunca me había pasado antes —musitó ella—. Ha sido... ha sido...

De repente, un rayo de luz rompió la niebla de su cerebro. Ella tenía el poder, ella controlaba la situación. Y sabía exactamente lo que quería.

–Más –ordenó–. Vamos a seguir.

–Un segundo –le rogó Cinco, alargando la mano para buscar el pantalón.

–¿Qué haces?

Él rasgó un paquetito y sacó un condón que se puso con suma destreza.

–Para estar seguros, cariño.

Meredith lo tumbó sobre el sofá y se colocó sobre él, disfrutando del contacto del duro miembro contra su vientre. Cinco dejó escapar un gemido cuando ella empezó a chupar sus pezones. Ardiendo, levantó sus caderas y la guió lentamente hacia abajo.

De rodillas sobre él, Meredith controlaba la presión, controlaba el ritmo y, sobre todo, el gesto de placer en el rostro del hombre mientras levantaba y bajaba las caderas, empujando más y más.

Y por segunda vez en menos de un minuto, tuvo una revelación: confiaba en él. Confiaba en Cinco Gentry por completo. Sabía que nunca le haría daño y eso desató el último botón de su corazón.

Arqueando la espalda, lo recibió profundamente mientras Cinco acariciaba con una mano el delicado capullo. Meredith levantaba las caderas cada vez más rápido, más fuerte. No paraba de moverse, de jadear hasta que la presión amenazaba con hacerla explotar de nuevo.

Cinco apretó entonces la mano contra su sexo y una lluvia de estrellas pareció estallar en su interior. La embestida final los llevó a los dos hasta el clímax, explotando a la vez.

Ella cayó sobre su pecho, intentando respirar. Nunca se había sentido tan bien, tan completa, tan satisfecha, tan feliz.

Mientras intentaba concentrarse en todas las cosas maravillosas que acababan de pasarle, cerró los ojos y se quedó dormida.

Cuando Cinco despertó encontró a Meredith todavía dormida en sus brazos. Pensó entonces en la mujer salvaje que se había desatado en ella. Era espectacular.

Y le daba un poco de miedo. Temía que significase demasiado para él. Meredith Powell no quería vivir en un rancho y cuando llegase el momento desaparecería.

Pero cómo le encantaba tenerla entre sus brazos, sentir el roce de su pelo y de su piel. Cómo le emocionaba sentir los latidos de su corazón.

De hecho... su proximidad parecía gustarle de una forma exagerada. ¿No era demasiado pronto para que un hombre de más de treinta años estuviera otra vez excitado?

Aparentemente, no. Cuando Meredith se movió un poco, Cinco decidió que era el momento de visitar a Maggie.

La apartó con suavidad para no despertarla y ella dejó escapar un gemido de protesta, pero seguía dormida.

Estaba tan guapa, tan blanca en contraste con el color oscuro del sofá... tan delicada.

Cinco le echó una manta por encima antes de ponerse los vaqueros y las botas. Cuando estaba poniéndose la camiseta oyó a Maggie pifiando en el establo. Y lo hacía de una forma rara, nerviosa.

En cuanto salió de la habitación descubrió el porqué: ¡Humo! Olía a humo. Evidentemente, Maggie también lo había olido y estaba golpeando el suelo con los cascos.

Meredith. Cinco se volvió y llegó de nuevo a la habitación de dos zancadas.

—¡Meredith, despierta!

—¿Qué? ¿Qué pasa?

—Hay fuego en alguna parte. No he oído la alarma y no sé por qué —empezó a decir Cinco, tomando su ropa del suelo—. Vístete, rápido. Tenemos que sacar a Maggie del establo.

Nunca había visto a una mujer vestirse tan rápidamente. Quizá sería el entrenamiento militar. Cuando estaban llegando a la puerta empezó a sonar la alarma y saltaron los aspersores.

–Voy a buscar a Maggie –gritó Cinco para hacerse oír–. Quédate detrás de la yegua por si acaso hay alguien esperando en la puerta.

–De acuerdo.

Cuando salieron, todo el rancho se había despertado. Hombres medio vestidos se gritaban los unos a los otros para hacerse oír por encima del ruido de la alarma.

Cinco le pidió a uno de los peones que se quedara con Maggie y se volvió hacia el capataz.

–Jake, ¿dónde está el fuego?

–Parece que ha empezado detrás del establo, en unos sacos de heno. Voy a pedirle a alguien que apague la alarma para que podamos oírnos.

Como si los hubiera oído la alarma se detuvo, pero el caos de gritos y relinchos de los animales formaba una cacofonía atronadora.

–El establo está vacío, ¿verdad?

–Sí, los caballos están en el otro establo –contestó Jake–. Habíamos dejado sola a Maggie por si se ponía de parto.

–No me puedo creer que esto pase precisamente hoy, que nos faltan tantos peones.

Meredith levantó la mirada y vio que las llamas habían llegado al tejado. El interior estaba mojado por los aspersores, pero el tejado era de madera.

–¡Meredith! ¿Te encuentras bien? –preguntó Abby.

–Sí, estoy perfectamente.

Aparentemente, Abby no era tan rápida vistiéndose porque llevaba la camisa mal abrochada y el cinturón colgando.

–Qué susto, ¿no?

Meredith miró a Cinco, que estaba ayudando a los hombres a apagar el fuego del tejado. Era tan dulce, tan tierno... y sospechaba que sus sentimientos por él eran más profundos de lo que quería reconocer. Pero, por supuesto, el amor era completamente imposible. Su vida estaba allí, en el rancho; la suya en las nubes, en la civilización, tomando el control de su propia vida.

No quería estar enamorada de él. No podría soportarlo cuando terminase. Y tampoco podría soportar que otro hombre le diera la espalda a su amor.

–Meri, ve con Abby. Ella se quedará contigo mientras apagamos el fuego.

–Quiero ayudar...

–No, es demasiado peligroso. Pero no te

preocupes, todo está controlado. Abby, no te separes de ella.

–¿Tú crees que el incendio ha sido provocado? –preguntó su hermana.

–Podría ser. Y si es así, Meredith está en peligro.

–De acuerdo.

De repente, Cinco tomó a Meredith por la cintura y le dio un beso en los labios.

–Ten cuidado, cariño.

Después de eso, se alejó hacia el establo con los peones dispuesto a apagar el fuego.

Una hora más tarde, Meredith y Abby estaban en la puerta de la casa, esperando. La mitad del establo se había derrumbado y la otra mitad seguía ardiendo.

Abby cerró el móvil.

–Parece que el viento está amainando, así que ahora podrán apagarlo del todo. Y el fuego no se propagará a los otros establos, afortunadamente. El único problema es que el piloto del helicóptero lleva todo el día trabajando en unos pastos al norte.

–Yo sé pilotar un helicóptero –dijo Meredith–. Si me indicáis dónde está el río y cómo funciona el mecanismo para cargarlo de agua, yo podría hacerlo perfectamente.

Abby negó con la cabeza.

–Cinco me mataría si te dejase pilotar un helicóptero.

–¿Por qué? Esto es una emergencia. No pensará que Richard Rourke va a pegarme un tiro mientras esté en el aire, ¿no?

Abby seguía negando con la cabeza.

–Ese no es el problema. El problema es que la gente empezaría a decir que la invitada de Cinco es piloto. Además...

–¿Además qué? –preguntó Meredith.

–No soy yo quien debería contarte esto.

–Por favor, Abby.

–Mi hermano estuvo prometido hace unos años.

–Lo sé. Él mismo me lo contó.

–Lo que no sabes es que Ellen murió en un accidente de avión cuando venía a Gentry para casarse con mi hermano. Cinco había enviado el jet a buscarla porque pensó que sería más seguro y... desde entonces no quiere saber nada de aviones. Le dan pánico.

Meredith asintió con la cabeza.

–Ya entiendo.

–Mi hermano siempre ha cuidado de todo el mundo. Empezó con los animales cuando era un crío y... bueno, todavía puede curar como si fuera veterinario. Entonces murieron nuestros padres y se convirtió en un obseso de la seguridad. Ya no era suficiente con cuidar de nosotros y del rancho, tenía que cuidar de todo y de todos... como si él tuviera la culpa del accidente de mis padres.

—Ya —suspiró Meredith.

—La muerte de Ellen fue terrible. Pensé que Cinco no volvería a ser la persona encantadora y alegre que había sido siempre... hasta que llegaste tú.

—Oh, Abby. No lo sabía. No sabía que...

Su corazón latía acelerado. No quería tener esperanzas, no quería soñar. Y no debía hacerlo. Lo que más le gustaba en la vida era precisamente lo que Cinco detestaba. Esa era la realidad y no debía imaginar otra.

—No es asunto mío, pero si sientes algo por mi hermano, el tema de los aviones va a ser un problema —suspiró Abby—. Y no puedo soportar la idea de que sufra más de lo que ya ha sufrido. Por favor, no le hagas daño.

Cinco iba de camino al establo al día siguiente, en cuanto el sol empezó a asomar por el horizonte. El incendio había sido controlado y Jake y un par de peones estaban a punto de tirar abajo lo que quedaba de las paredes.

Encontró al veterinario volviendo del corral donde esperaba Maggie.

–Hola, Allen. ¿Tienes un minuto?

–Sí, claro. Acabo de examinar a Maggie. Creo que anoche tenía falsos dolores de parto, pero después de tanta emoción puede que lo tenga hoy mismo. Pero no pasará nada, todo irá bien.

–¿Has echado un vistazo al potro que trajimos ayer?

–Sí. Por cierto, está estupendamente. Le curaste la herida como un profesional.

Cinco no respondió al cumplido.

–¿Notaste algo raro en esa herida?

–Sí. Iba a preguntarte por eso. Parece como si alguien le hubiera cortado deliberadamente. La herida no fue causada por una madera o por una alambrada porque era demasiado recta, como hecha por un cuchillo.

Cinco apretó los dientes. Media hora antes, Jake le había confirmado otra mala noticia: el incendio había sido provocado. El olor a queroseno todavía podía notarse al entrar al destrozado establo.

Pero él conocía a todo el mundo en Gentry. Y ninguno de sus peones habría hecho algo así.

¿Habría conseguido Richard Rourke llegar hasta allí sin que lo detectasen los federales? No podía creerlo, pero las evidencias empezaban a acumularse.

Meredith estaba en peligro... Meredith, tan diferente de Ellen: fuerte, alta, atlética. Una mujer que cubría su dulzura con una capa de falsa frialdad. En realidad, le recordaba a su madre y a su abuela.

Quizá estaba enamorándose de ella, pensó. Y eso era lo peor que podía pasarle. Meredith quería volver a volar, volver a su vida en la ciudad. Y la suya estaba en el rancho Gentry.

Además, si se enamoraba perdería la concentración. Y tenía que estar atento. No podía arriesgar su seguridad. Era demasiado importante.

Se volvió entonces hacia la casa. Quería ver si Meredith estaba bien y llamar al comisario de Gentry. Era hora de emplazar a las reservas.

Estaba dispuesto a proteger a Meredith Powell las veinticuatro horas del día hasta descubrir qué tramaba aquel loco de Richard Rourke.

Capítulo Diez

Meredith oyó los pasos de Cinco en la cocina, pero estaba demasiado ocupada arreglando un armario como para prestarle atención.

—¿Qué haces ahí arriba?

Había pasado casi una semana desde el incendio... y de su espectacular noche en el establo, pero apenas habían pasado unos minutos juntos desde entonces. En realidad, Cinco actuaba como si quisiera olvidar lo que ocurrió.

Meredith sabía que nunca olvidaría lo que había pasado, nunca en toda su vida. Pero seguramente él no quería recordarlo. Después de todo, en cuanto localizasen a Richard Rourke, ella volvería a su vida.

Hasta que Abby le habló de su pasado, Meredith pensaba que podrían seguir siendo amantes hasta que volviera a casa, incluso que quizá podrían verse de vez en cuando.

Amantes y amigos. No habría sido tan malo, ¿no?

Pero Cinco no podría soportar la idea de

que pilotase un avión. Sus mundos eran demasiado diferentes.

Cuando se fuera del rancho sería el final de la historia.

—Meredith, ¿me has oído? ¿Qué haces ahí arriba? —insistió Cinco—. Es peligroso subirse a una escalera cuando no hay nadie cerca.

—Por favor, Gentry —replicó ella—. Los pilotos de las fuerzas aéreas se suben a escaleras todos los días. Te estás pasando con eso de la seguridad.

—¿Qué haces ahí? ¿Y dónde está Lupe?

—Estoy arreglando este armario y Lupe se ha ido a San Angelo de compras —contestó Meredith—. Ya está. Arreglado.

—¿Sabe Lupe lo que estás haciendo en su cocina?

—Claro que lo sabe. Ella es la clase de persona que agradece este tipo de trabajo.

Meredith bajó de la escalera, pero Cinco estaba demasiado cerca. Y no quería tocarlo porque recordaría... cosas que no debía recordar.

—¿Qué llevas ahí?

Cinco sacó la mano que llevaba escondida y Meredith se mordió los labios. Era una docena de rosas rojas.

—Yo... quería disculparme por haberte tenido abandonada estos días. Es que entre el fuego, el comisario e intentar localizar a Rourke he estado muy liado y...

Al mover las rosas se pinchó un dedo. Estupendo. Iba a regalarle rosas a una mujer y tenían espinas.

—Espera, voy a quitarle las espinas —murmuró, abriendo un cajón. Al ver el contenido, se volvió—. ¿Qué has hecho con este cajón? ¿Y dónde están las tijeras?

—He organizado esto un poquito. Estaba hecho un desastre. Y las tijeras están ahí.

—¿Dónde?

—Colgadas ahí, ¿no las ves? A Lupe le gusta tener las cosas a mano.

—¿Por qué estás arreglando la cocina? —preguntó él, tomando las tijeras—. A mí me gustaban las cosas como estaban antes.

—Pero es que Lupe no podía encontrar nada. Si hay algo que se me da bien además de pilotar aviones es organizar cosas. De hecho, toda mi vida ha sido un entrenamiento militar. Además, me aburro. El comisario no me deja salir de la casa y no puedo hablar con Abby, ni montar a caballo ni visitar a Dickens. Y tú...

Cinco había terminado de cortar las espinas y le ofreció el ramo de rosas con expresión triste.

–¿Por qué me regalas rosas?

Esa pregunta y, sobre todo, su expresión, lo desató. Cinco dejó las rosas sobre la encimera y la tomó en sus brazos para besarla furiosamente.

Sabía de maravilla. Aquella vez a chocolate y a dulzura. No estaba seguro de poder soportar la sensación. Le costaba cada día más no acercarse a ella, no tocarla. Empezaba a resultar insoportable.

Por fin, cuando empezaban a doblársele las rodillas, se apartó.

–Meri, cariño. Lo siento. No quería que te sintieras sola... Yo... no sabía si sería bueno que nos viéramos demasiado porque tendrás que marcharte y...

No sabía bien lo que estaba diciendo, lo único que sabía era que quería tenerla cerca el mayor tiempo posible.

La puerta se abrió entonces y oyeron los rápidos pasos de Abby por el pasillo. Cuando se apartaron, Cinco echó de menos el calor de Meredith inmediatamente.

–Hola a todos. ¿Dónde está Lupe?

–Se ha ido de compras –contestó Meredith, volviéndose para meter las rosas en agua.

Cinco la observaba por si veía signos de que estaba avergonzada, pero no los veía.

Solo veía a la mujer más guapa del mundo, la más tentadora, la más interesante. Sus labios estaban hinchados por sus besos y parecía un ángel.

—Me alegro de haberos pillado a los dos juntos, así me ahorraré tiempo —dijo Abby entonces—. Mis chicos han organizado una fiesta para esta tarde y quieren que vaya Meredith. Un par de ellos deben volver a la ciudad la semana que viene y quieren despedirse. Bueno, tú también puedes venir, Bubba.

Cinco sonrió.

—Vaya, gracias por invitarme.

—Mira lo que Cinco me ha traído, Abby —sonrió Meredith, mostrándole las rosas.

—Muy bonitas, sí. Bueno, ¿entonces qué, Romeo?¿ ¿Venís a la fiesta o no? No tengo todo el día.

—¿Podemos ir, Cinco? A mí me apetece mucho.

—Le diré a los alguaciles que vayan contigo, por si acaso. Pero el comisario y yo tenemos que reunirnos con un grupo de federales que han venido a buscar a Rourke.

—¿De verdad creen que puede estar por aquí?

Él se encogió de hombros.

—De repente, todo el mundo cree ver a Richard Rourke. En Colorado, en Michigan, en Washington... Hay cuatro personas en el condado de Castillo que juran haberlo visto la semana pasada, así que los federales están rastreando por todas partes.

–¿De verdad creen que puede estar tan cerca?

–Los federales opinan que sería su modus operandi... disparos de francotirador a cierta distancia. Además, parece que Rourke también tuvo dos condenas por pirómano en la adolescencia, así que no descartan nada.

Meredith sentía deseos de salir corriendo, pero se limitó a pasear por la cocina, pensativa.

–No lo pienses, Meri. Pronto empezará a nevar y los rangers de Texas tienen los mejores rastreadores del mundo. Si Rourke está en el rancho, será fácil seguirle la pista.

–Es un superviviente, Abby. Un monstruo de la naturaleza. Si alguien puede evitar que lo encuentren, ese es Richard Rourke.

A pesar de lo que acababa de decir, se alegró de que Abby quisiera consolarla. No estaba muy acostumbrada a eso.

–Espera un momento, cariño –dijo Cinco entonces–. Estás a salvo en el rancho, de verdad. Hemos tomado todas las precauciones y sé que solo tardaremos unos días en encontrar a Rourke... si está por aquí.

–No es que le tenga miedo, es que me gustaría poder hacer algo para protegerme a mí misma, no depender tanto de los demás. No puedo soportar quedarme parada, esperando a que me mate.

–Muy bien. Si no confías en mí, te conseguiré un arma.

–No es eso... ¿de verdad me conseguirías un arma? –preguntó ella entonces–. Pero que conste que confío en ti. Confío en ti más de lo que he confiado en nadie nunca. Por favor, compréndeme.

–Claro que te comprendo. Te comprendo perfectamente –sonrió él.

Una hora más tarde, Meredith y Abby caminaban hacia el establo con dos alguaciles delante, rifle en mano. Otro alguacil iba detrás, con una radio.

A Meredith le parecía una exageración, aunque por si acaso llevaba una pistola en el cinto. Cinco la había hecho sentir segura dándole un arma con la que defenderse si llegara el caso.

–Este rancho es enorme, ¿no?

Se estaba preguntando cuántos hombres serían necesarios para rastrear todas aquellas hectáreas de terreno. ¿Podrían comprobarlo todo en un día, en dos?

136

–El rancho Gentry tiene doscientas ochenta secciones, unos ciento ochenta mil acres. Hacen falta veinte peones para hacer todo lo que hay que hacer... sin contar a la cocinera, a Lupe, al piloto del helicóptero, los veterinarios...

–¿Dónde viven? –preguntó Meredith.

–Hay tres barracones con seis camas cada uno. Y además hay otras seis casitas situadas por todo el rancho. Y el pasto más alejado está a veinticinco kilómetros.

–¿Veinticinco kilómetros? –repitió ella, atónita. No sabía que el rancho fuera tan enorme.

–Tenemos más de tres mil cabezas de ganado, doce mil ovejas y casi mil cabras de angora. Ah, y doscientos caballos que nos ayudan a hacer el trabajo.

Aquel sitio era fascinante y también la gente que vivía y trabajaba en él. No sabía que Cinco llevase algo a tan gran escala. A veces ni siquiera un general tenía tanto mando. Y pensar que se había hecho cargo de todo a los diecinueve años...

Asombroso. El rancho Gentry empezaba a gustarle... casi tanto como el hombre que dirigía todo aquello.

El móvil de Cinco estaba sonando y tiró

de las riendas para contestar. Se dirigía hacia uno de los pastos con uno de los rangers expertos en seguir huellas. Durante media hora habían buscado el rastro por la nieve, pero no encontraron nada.

La voz seria del comisario Álvarez reclamó su atención inmediatamente:

—Tengo buenas y malas noticias, Gentry. Tu amigo Kyle Sullivan acaba de llamar. Parece que acaban de apresar a ese tal Rourke intentando cruzar a Canadá desde Michigan.

—¿A Canadá?

—Eso es. Parece que tu sospechoso no estaba en Texas.

—Entonces, la mala noticia es que otra persona ha estado cometiendo esos actos de vandalismo en mi rancho, ¿no? —aventuró Cinco.

—Me temo que sí. El FBI y los rangers se marchan, así que tendremos que encontrar al culpable entre tú y yo, amigo.

Después de colgar, Cinco golpeó suavemente al caballo en los flancos. El comisario Álvarez tenía razón. Si Rourke no tenía nada que ver, entonces la violencia iba dirigida hacia el rancho Gentry, no hacia Meredith.

La persona que la vigilaba, el incendio... ¿quién podía odiar tanto a su familia?

Pero debería haberlo sabido. Richard Rourke no habría llamado la atención de esa forma. Todo lo contrario. ¿Por qué no lo había pensado antes?

Desolado, se dirigió hacia la casa, pensando en una rubia preciosa a la que quería más que a nadie.

¿Estaba enamorado? Esa era una palabra a la que no estaba acostumbrado. ¿La amaba? Sentía algo por ella, desde luego. Y era más intenso que nada de lo que hubiera sentido antes, incluso por Ellen. Pero era demasiado listo como para creer que tenía una oportunidad con Meredith.

Ella era piloto, una chica de ciudad. Y ya que Rourke había sido capturado, pronto se iría de allí.

Pero no podía pensar en eso por el momento. Tenía que resolver el asunto del vandalismo. ¿Quién podría conocer el rancho lo suficiente como para evitar que lo viesen? Y sobre todo, ¿quién odiaba a los Gentry o a él lo suficiente como para provocar un incendio?

Meredith soltó una carcajada al ver el teatrito que los chicos habían montado como despedida. No eran malos actores y habían elegido un vestuario bastante decente.

Todos menos Bryan, que estaba en una esquina, separado de los demás. Parecía más joven, pero a Abby le dijo que tenía diecisiete años y que había pasado por varios correccionales.

Meredith quería hablar con él, disculparse por lo que había pasado el día del baile, pero no encontraba el momento.

Abby también le contó que, desde la pelea en el baile, Bryan apenas iba a las clases de equitación y que cuando iba se apartaba de los demás.

Meredith no había tenido oportunidad de arreglar el asunto porque Cinco le prohibió salir de casa... bueno, se lo prohibió por su propia seguridad, pero también porque no confiaba en que nadie pudiera cuidar de sí mismo.

Quizá si ella hubiera perdido a sus padres en unas circunstancias similares... en cualquier caso, no tenía mucha experiencia en las relaciones sociales. Su vida se había basado en dar y recibir órdenes. Solo en aquel rancho había aprendido algo sobre el cariño, la amistad y la confianza. De modo que tendría que intentar hablar con Bryan.

Cuando la función terminó, todo el mundo empezó a aplaudir, alborozado.

–Ha sido estupendo, chicos. Estoy muy impresionada con vuestras habilidades dramáticas –los felicitó Abby–. Y ahora yo tengo una sorpresa para vosotros: las yeguas también quieren despedirse. ¿Os apetece dar un paseo por la nieve? Hace un poco de frío, pero será divertido.

Todos los chicos aceptaron, encantados. Todos menos Bryan, que no dijo una palabra. Meredith decidió que lo mejor sería esperar un poco para hablar con él.

Estaba ensillando a su yegua como Abby le había enseñado cuando recordó a su guardián. ¿La dejaría acompañar a los chicos?

Abby se ofreció a ensillar su yegua mientras ella salía para hablar con el alguacil. Pero cuando abrió la puerta, descubrió que el alguacil había desaparecido.

–No está en la puerta.

–Qué raro.

–¿Podemos llamar a Cinco para preguntar qué pasa?

Abby sacó el móvil del bolsillo y marcó el número de su hermano. Cuando le contó las noticias sobre Rourke, le pasó el móvil al Meredith.

–Rourke ha sido capturado en Michigan, así que los federales se marchan. Yo voy para casa ahora mismo. Quédate con Abby, por favor. Todavía tenemos que encontrar a la persona que provocó ese incendio.

Ella asintió. Rourke estaba detenido. Entonces, no había ninguna razón para permanecer en el rancho. Podía marcharse cuando quisiera.

Eso era lo que deseaba, ¿no?

Cuanto más lo pensaba, más rara se sentía. Era libre, pensó. ¿Libre para qué, para estar sola? ¿Libre para preguntarse siempre qué habría pasado? ¿Para pensar siempre en el hombre del rancho Gentry?

Entonces recordó la alegría que sentía cuando volaba, la necesidad de estar sobre las nubes. Volar siempre había sido lo mejor de su vida. La idea de pilotar un avión salvaba cualquier mal momento, cualquier desilusión. Solo entonces le parecía que el mundo tenía sentido.

Por mucho que quisiera a Cinco, no podía imaginar la vida sin volar. Pero la idea de vivir sin él también le parecía desoladora.

Cuando llevaban una hora montando por el camino de tierra empezó a nevar con fuerza y Abby levantó una mano. Apenas podía verla a través de la nieve que estaba cayendo, pero Meredith supuso que ese gesto señalaba dar la vuelta.

El paisaje era maravilloso, tan limpio, la nieve tan blanca en contraste con las hojas de los árboles. Era demasiado bonito como para abandonarlo, pensó tontamente.

Abby estaba indicando con la mano que debían volver a casa.

A casa. No recordaba haber tenido una casa verdadera desde que murió su madre. Pero el rancho Gentry y la gente que vivía allí le parecían casi una familia.

Cuando levantó la cabeza se dio cuenta de que estaba al final de la fila. Bryan se acercó entonces.

—No te preocupes, cariño. Todo terminará muy pronto.

¿Cariño? ¿A qué se refería con que todo iba a terminar? Ella lo miró, sin entender.

—Por favor, Bryan, llámame Meredith.

La yegua del chico estaba demasiado cerca de la suya y eso la ponía nerviosa porque todavía montaba como una primeriza. Sus rodillas se rozaban y le parecía como si Bryan estuviera empujando a su yegua fuera del camino.

¿Qué estaba haciendo?

—¿Qué pasa, Bryan? Estás demasiado cerca.

—Calla, voy a rescatarte. Baja la voz.

—¿Rescatarme de qué?

—Del Gentry ese —contestó Bryan, empujando a su yegua.

—Espera un momento, por favor. Yo no necesito que me rescaten de nada y no quiero dejar el grupo. Abby se preocupará...

—Llevo semanas intentando apartarlo de ti y hoy es mi última oportunidad. Volvemos a la ciudad dentro de una semana, así que vamos a la cabaña. Allí tengo una furgoneta robada.

De modo que había sido Bryan quien provocó el incendio. Meredith no podía creerlo. Bryan quien fumaba bajo su ventana, el que hirió a Dickens en la pata...

¿Y había robado una furgoneta? Meredith se volvió para buscar a Abby con la mirada, pero la nieve caía con tanta fuerza que no podía verla.

Bryan era un crío y, seguramente avergonzado por lo que pasó en el baile, había querido vengarse de alguna forma. Lo mejor sería intentar convencerlo para que volvieran al establo con los demás y después pedirle que se entregase voluntariamente al comisario. Quemar el establo no era una travesura, era una broma que a Cinco le había costado mucho dinero.

—Muy bien. Iré a la cabaña y hablaremos, pero también tienes que hablar con Cinco.

Quizá si le pides disculpas no presentará cargos contra ti.

—¡Disculparme! Ese tío me puso en ridículo delante de todo el mundo. Y le advertí que me vengaría.

—¿De qué estás hablando?

—Voy a matar a ese cerdo con mis propias manos —dijo Bryan entonces—. El otro día robé un móvil del rancho y vas a llamarlo para decir que venga a rescatarte. Eso se le da bien. Y después se llevará su merecido.

Capítulo Once

Cinco sabía que no estaba pensando con claridad. Solo habían pasado quince minutos desde que recibió el mensaje de Meredith, pero su corazón latía como si quisiera salirse de su pecho.

El crío. El maldito crío había organizado todo aquello. No sabía cómo había conseguido entrar en el rancho sin que nadie lo viera y pensaba tener una seria discusión con Abby sobre esas clases de equitación para chicos con problemas.

El comisario había notificado la situación y todos los peones del rancho estaban avisados. En el fondo, Cinco sabía que Meredith cuidaría de sí misma. Incluso le había dado una pistola, pensó. No podía estar seguro, pero no creía posible que Bryan llevase un arma.

Pero se alegró al saber que la carretera terminaba a menos de quinientos metros de la cabaña donde retenía a Meredith.

—¡Cinco, espera un momento! —lo llamó uno de los peones.

—Tengo prisa, Matt. Debo encargarme de algo muy importante.

–Lo sé, jefe. Todos sabemos que uno de los chicos de Abby se ha llevado a tu amiga a la cabaña de Tripple Creek. Pero el temporal de nieve está amainando y creo que podemos ir con el helicóptero. Ese chaval no esperará una sorpresa así.

Cinco pensó en rechazar la oferta. Se sentía responsable de todo lo que pasaba en el rancho, sobre todo responsable de Meredith... y especialmente de lo que había pasado. Bryan era su problema, no del comisario.

Pero dudó un momento antes de decir que no... porque la idea de que Meredith estuviera con un chico perturbado lo ponía enfermo. Si había una forma de llegar allí más rápido, debía aceptar. Fuera como fuera.

–Gracias, Matt. Creo que es una buena idea. Dile al piloto que se prepare. Voy a decirle al comisario lo que está pasando y me reuniré contigo enseguida.

Meredith estaba en la puerta de la cabaña, con el cuello de la chaqueta subido para evitar el frío. Aunque seguía nevando, el temporal no parecía tan fuerte como antes.

Llevaba una hora intentando hablar con Bryan, que fumaba un cigarrillo detrás de otro, pero no conseguía nada. Estaba segura de que no era una amenaza para ella y dudaba que lo fuera para Cinco, pero tenía que intentar razonar con él.

Parecía perdido, furioso. Y tenía que hacer algo.

—¡Entra de una vez! La chimenea ya ha calentado la cabaña.

Meredith empezaba a preocuparse. Quizá debería haber sido más clara cuando le dio el mensaje a Cinco, pero Bryan estaba a su lado dispuesto a cortar la conexión en cualquier momento.

Para no empeorar las cosas, entró dispuesta a convencerlo para que depusiera su actitud. Si lograba que se sentase un rato, conseguiría hacerle entrar en razón, estaba segura. Además, la cabaña era muy cómoda. Tenía de todo, desde chimenea a comida enlatada y mantas.

—Se está bien aquí, ¿verdad?

—¿Qué tal si hacemos café mientras esperamos? —sugirió Bryan.

—Sí, claro. Aunque no sé cómo funcionan esas cafeteras antiguas.

—Bueno, no creo que sea tan difícil.

—Bryan, ¿podemos hablar? Estoy preocupada por esto. Debería haberte explicado lo que pasó aquel día, en el baile.

–Da igual. Yo sabía que eras prisionera de los poderosos Gentry. Soy yo el que siente no haber podido sacarte antes de allí.

–No es verdad, no era prisionera de nadie. Yo quería estar en el rancho.

Al decirlo se dio cuenta de que era verdad, quería estar en el rancho, quería estar con Cinco.

–Pero ahora puedes hacer lo que quieras –siguió Bryan, como si no la hubiera oído–. Cuando me libre del Gentry ese podemos irnos juntos a la ciudad. No te preocupes, conmigo estarás a salvo.

¿Por qué todos los hombres querían protegerla?, se preguntó Meredith. ¿Qué creían que había hecho durante los últimos diez años de su vida, más que protegerse a sí misma?

–Bryan, no estás escuchándome. No iré a la ciudad contigo y tú no vas a librarte de nadie.

–¡Maldita sea! A ti tampoco te importo –exclamó el chico entonces.

Antes de que Meredith pudiera replicar, Bryan le quitó la pistola que llevaba en el cinto y la apuntó con ella.

–Tranquilo, por favor. Deja la pistola y vamos a hablar.

Cinco llevaba unos minutos en la puerta de la cabaña, escuchando. El piloto lo había dejado a doscientos metros y después volvió al helicóptero para evitar que se helasen las hélices.

Los hombres del comisario estaban en camino y llegarían enseguida, pero cuando oyó a Meredith diciéndole a Bryan que bajase la pistola decidió no esperar un segundo más.

Cinco levantó el rifle y le dio una tremenda patada a la puerta.

–¡Suelta la pistola!

Bryan se volvió entonces, apuntándole a la cabeza.

–De eso nada. Baja tú el rifle, vaquero.

–¡Cinco, no! –exclamó Meredith–. Por favor, bajad las armas los dos. Ahora mismo.

–De eso nada, guapa. No pienso dejar que Gentry me pegue un tiro. Que baje el rifle primero.

Cinco intentó controlar la rabia y la frustración que sentía. Le encantaría ponerle la mano encima a aquel idiota, pero no podía hacer nada que pusiera a Meredith en peligro.

Aunque tampoco pensaba bajar el rifle y dejar que aquel estúpido les volase la cabeza a los dos.

–Cinco, por favor, baja el rifle –insistió

Meredith. Pero él no se movió–. ¿Te importo un poco?

–Me importas más que mi propia vida –contestó Cinco–. Te quiero, Meri. No puedo dejar que este chico te haga daño.

–Si es verdad que me quieres, ¿por qué no confías en mí?

Él se quedó sin palabras. Confiar. Confiar significaba arriesgarse, pero el amor era un riesgo. Cinco apretó los dientes. No estaba seguro de poder llegar tan lejos.

–Si me quieres de verdad, tienes que confiar en mí. Por favor. Te prometo que Bryan no disparará.

Si tuviera tiempo, le haría entender que la confianza era algo que había perdido cuando perdió a sus padres. Pero no lo tenía.

–No puedo, lo siento.

–Yo también te quiero, de verdad. Confía en mí, te lo suplico.

En un instante, Cinco vio su destino. La quería. Nunca había sentido nada parecido por nadie. Y estaba dispuesto a arriesgar su vida si así podía probárselo.

–Muy bien, cariño. Como tú quieras –suspiró, dejando el rifle en el suelo, sin dejar de mirarla a la cara. Si iba a morir, quería que fuera mirando su rostro.

–Esto es muy emotivo, me vais a hacer

llorar –dijo entonces Bryan–. Dale una patada al rifle, Gentry. Hacia mí.

–Por favor, no hagas eso –le suplicó Meredith–. Deja la pistola y pruébame que eres una persona responsable. Te juro que encontraré la forma de ayudarte si me das una oportunidad.

–¡Has dejado que Gentry te hipnotice! –gritó el chico–. Tiene que morir.

Bryan apretó el gatillo y, durante una décima de segundo a Cinco se le paró el corazón. Pero no pasó nada. Al oír un clic, se dio cuenta de que no había balas en el cargador.

–Bryan, de verdad, deberías haberme escuchado –suspiró Meredith entonces, haciéndole una llave de kárate.

Cinco observó, perplejo, a Bryan literalmente volando por la habitación.

–¡Me has roto el brazo! –gimió el chico, hecho una bola en el suelo.

Cinco salió de su estupor y tomó el rifle.

–¿Qué has hecho con las balas de tu pistola, amor mío? –murmuró, tomándola por la cintura.

–Las tiré en la nieve. No pensarías que iba a dejar que Bryan tuviera acceso a una pistola cargada, ¿no?

Era espectacular. Absolutamente espectacular. Entonces la besó, preguntándose cómo podría vivir sin ella.

Cuando llegaron el comisario y sus hombres, Cinco quiso enviarla al rancho en el coche patrulla.

–De eso nada –replicó Meredith–. Yo voy donde tú vayas. Si vas a caballo, yo también iré a caballo. Así ha sido desde el principio y así será hasta el final. Iremos juntos a casa.

Capítulo Doce

Creo que yo tengo una idea mejor –sonrió Cinco, cerrando la puerta de la cabaña–. Vamos a tomar un café antes de marcharnos.

Meredith se quitó la chaqueta.

–Me parece muy bien.

El olor de los troncos en la chimenea le recordaba unas imágenes muy eróticas de su primera noche juntos. Y era estupendo que hubiesen calentado la cabaña tan rápido.

–Yo haré el café, pero dime dónde está el agua...

Cinco no le dejó terminar la frase. La tomó entre sus brazos y buscó sus labios con desesperación.

–Espera un momento. Eres tan preciosa... no puedes imaginar la angustia que he pasado.

Meredith apoyó las manos en su pecho. Le encantaba que la besase, pero no quería que le temblasen las piernas después de haber dado una imagen tan estupenda.

–¿Por qué? Yo lo tenía todo controlado.

Cinco soltó una carcajada.

—Has dicho que me querías, ¿lo decías de verdad? –le preguntó entonces.

—Sí –contestó Meredith, enredando los brazos alrededor de su cuello.

Solo quedaba un centímetro entre los dos, pero Cinco consiguió meter la mano para desabrochar su camisa. El roce de su mano fuerte y grande la hizo sentir escalofríos.

—Me gustaría ir despacio, me gustaría torturarte por hacerme sudar con esa pistola –murmuró él sobre su boca, empujando sus caderas hacia ella para que notase su erección–. Pero no puedo. Me vuelves loco.

Cinco inclinó la cabeza para buscar uno de sus pezones a través del sujetador y el calor de sus labios la hizo estremecer. Unos minutos después, toda su ropa caía al suelo. Estaba desnuda mientras él estaba vestido, pero le daba igual. Confiaba en Cinco y, además, estar desnuda la hacía sentir sexy y más excitada que nunca en su vida.

Meredith bajó la cremallera del pantalón y envolvió su miembro con la mano. La piel era muy suave, húmeda y dura. Lo apretó suavemente, acariciándolo, encantada con la clara respuesta masculina.

—Ten piedad de mí, amor.

Cinco la empujó suavemente hacia atrás,

haciéndola perder la cabeza con sus besos, con el roce de la dura tela de los vaqueros en su entrepierna mientras sujetaba sus nalgas para colocarla sobre la mesa.

–Enreda las piernas en mi cintura –murmuró.

–Ah, sí. Así es fantástico –respondió ella.

Sus palabras parecieron excitarlo porque empujó profundamente, sujetándola por la cintura, esperando un momento para que ella lo recibiera del todo. Y Meredith no se había sentido más completa en toda su vida.

Cuando abrió los ojos, Cinco la estaba mirando con increíble intensidad. Había tanto deseo en aquellos ojos castaños que casi no vio el amor que también brillaba en ellos.

Había dicho que la quería y Meredith sabía que era cierto. Estaba escrito en sus ojos y en su expresión mientras lo sentía crecer aún más dentro de ella.

–Quédate conmigo, cariño –murmuró Cinco, empujando suave, tentadoramente.

Meredith no sabía que podría ser mejor que la primera noche, pero lo era. Ella no sabía...

Con un gemido ronco, dejó que el volcán estallase en su interior y conoció la felicidad cuando sintió que Cinco se dejaba ir a la vez, estremecido. Se abrazó a él, clavándole las uñas en la espalda, disfrutando de aquella lava que caía dentro de ella.

–Me gusta tanto tenerte dentro...

Podía sentir el corazón de Cinco latiendo con violencia sobre el suyo y decidió acariciar su cara para memorizar todos sus rasgos. Pero mientras lo acariciaba sintió que volvía a ponerse duro.

–Es increíble. No me canso de ti.

–Pues yo puedo aguantar si tú puedes.

Aquella vez, sin embargo, el placer fue más lento, más duradero, más emocionante. Cuando sintió la explosión del clímax, sus ojos se llenaron de lágrimas.

El nombre de Cinco salió de sus labios como una oración mientras él la llevaba de nuevo a la cima del placer.

Al día siguiente Meredith sacó la bolsa de viaje del armario, preguntándose si el mundo se había detenido o solo se lo parecía a ella. Veinticuatro horas antes pensaba que no podía ser más feliz y, sin embargo...

Era cierto que fracasó con Bryan, pero el comisario la había convencido de que el chico tenía un serio problema mental y no habría podido hacer nada.

Pero lo más importante era Cinco, lo que

sentía por él, lo que él la hacía sentir. Sin embargo, cuando volvieron a casa después de hacer el amor algo parecía haber cambiado. Cuanto más se acercaban, más callado iba él.

La besó con ternura en la puerta de su dormitorio y después le dijo que tenía trabajo. Y a la mañana siguiente se encontró con un extraño en la cocina que, sin mirarla, le dijo que le prestaría el jet de la empresa cuando quisiera volver a la ciudad.

Tranquilamente.

Meredith tenía los ojos llenos de lágrimas, pero no quería llorar. Aparentemente, el amor no lo era todo. Pero si le dolía el corazón, solo era culpa suya.

—Hola, Meri —la saludó Abby, asomando la cabeza en la habitación—. ¿Qué haces?

—Me marcho mañana, así que estoy guardando mis cosas. Han llamado del FBI para confirmar que acudiré como testigo al juicio, pero ya estoy a salvo de todo peligro. Así que me marcho a Seattle.

—¿Te vas de verdad? No puedo creer que mi hermano te deje ir. Sé cuánto le importas.

—Sí, bueno, incluso me ha dejado el jet de la empresa para ir a Seattle —intentó sonreír Meredith—. Y sí, creo que le importo. Como él me importa a mí, pero no puedo obligarlo a nada.

—Me parece que yo no entiendo el amor —suspiró Abby.

Meredith se dio cuenta de que a la hermana de Cinco también la apenaba su marcha y eso la alegró. Quizá podrían ser amigas.

—¿Sabes una cosa? He descubierto que el amor es una forma diferente de amistad. El amor puede hacerte la persona más feliz del mundo y también hace que te preocupes por la persona amada más que de ti mismo. Pero lo mejor es saber que alguien cree en ti, que lo preocupa lo que te pase y lo que quieres de la vida.

Abby dejó escapar un suspiro.

—Sigo sin entender por qué tiene que doler tanto.

Cinco hubiera querido golpear algo, romper algo con los puños. Nervioso, paseaba por la cocina como un animal enjaulado.

Al día siguiente tendría que llevar a la mujer que amaba al aeropuerto y decirle adiós para siempre. ¿Cómo podía hacer eso? ¿De dónde sacaría las fuerzas para verla marchar?

Durante las últimas veinticuatro horas,

una idea había empezado a tomar forma en su cabeza. El amor era algo arriesgado. Siempre existía la posibilidad de perder a la persona amada.

Pero Meredith no era solo una persona, era Meredith. Ella nunca le haría daño, estaba seguro. Ella no era así.

Entonces en su cerebro se encendió una luz. Meredith era su única oportunidad de encontrar una felicidad que, hasta aquel momento, le había esquivado. Era su destino, su futuro. La parte de su alma que le faltaba.

Por fin, tomó la decisión de arriesgarlo todo por ella y, emocionado, decidió poner en marcha un plan que les permitiría estar juntos. Tenía mucho que hacer y poco tiempo para hacerlo, de modo que debía darse prisa.

Meredith bajó a desayunar al día siguiente y Lupe le dijo que Cinco se había marchado porque tenía mucho trabajo.

Atónita, tuvo que hacer un esfuerzo para no estallar en sollozos allí mismo.

Y cuando subió a su habitación por la bolsa de viaje tuvo que apretar los puños porque el deseo de quedarse allí para siempre era abrumador. El rancho Gentry se había convertido en un hogar para ella. ¿Cómo iba a soportar marcharse de su hogar para no volver jamás?

Pero más que eso, ¿cómo podía alejarse del único hombre al que había amado en toda su vida? El único que estaría en su corazón para siempre. Nunca habría nadie más. Cinco era demasiado especial y lo que habían compartido significaba demasiado para ella.

Antes de que la idea de quedarse la tentase demasiado, Meredith se recordó a sí misma que lo amaba lo suficiente como para marcharse. No lo haría pasar por el horror de tener que aceptar un trabajo que lo angustiaba.

Meredith sabía que por estar con él dejaría su trabajo sin pensarlo dos veces, pero también sabía que Cinco nunca se lo permitiría. No querría ser el responsable de esa decisión que podía marcar toda su vida.

Abby tenía razón. El amor dolía demasiado.

Absorta en su dolor, Meredith casi no oyó el golpecito en la puerta. Y cuando la abrió, se encontró a su amor con una sonrisa en los labios.

—¿Lista para marcharte, cariño?

Meredith asintió, intentando disimular la pena. Cinco llevaba unos vaqueros nue-

161

vos, botas brillantes y un jersey de cachemira marrón claro casi del mismo color que sus ojos. Estaba para comérselo... justo cuando ella estaba a punto de empezar su vida sin él.

—Trae la bolsa.

Meredith caminó por el pasillo como si fuera a su propia ejecución. ¿Y no lo era? Vivir sin Cinco Gentry sería como estar muerta.

—Ya he guardado mis cosas en la furgoneta, pero tengo que despedirme de Lupe y de Abby. ¿Quieres venir conmigo o prefieres esperar fuera?

Ella lo miró, sin entender.

—¿Perdona?

—¿Quieres esperar en la furgoneta mientras me despido?

—¿Dónde vas?

Cinco se detuvo en medio de la escalera y tragó saliva. Aquel era el momento más importante de su vida. ¿Cuál sería su reacción?

—Voy contigo, cariño. No pensarás que iba a dejarte ir sin mí, ¿no? Después de lo que hemos pasado juntos sería imposible.

Después de decirlo, esperó lo que le parecieron los segundos más largos de toda su vida.

—¿Vienes conmigo en el avión?

–Sí, claro. ¿Cómo voy a ir a Seattle?

–Pero pensé que te daba miedo volar...

–Bueno, me preocupa que mi familia viaje en avión, la verdad. Yo me preocupo por esas cosas, ya lo sabes. Pero tú me quieres de todas formas, ¿no?

Meredith abrió la boca, pero no le salía una sola palabra.

–Lo que me daba miedo era confiar en otra persona, cariño. No volar, eso no tiene nada que ver. ¿Cómo crees que llegué tan rápido a la cabaña el otro día? En helicóptero. Los caballeros de brillante armadura no se preocupan por el medio de transporte.

Meredith tuvo que sonreír.

–Ah, y ahora que confías en mí, quieres venir conmigo a Seattle... ¿y piensas volar conmigo cuando pilote?

Había llegado el momento de ponerse serio. Pronto sabría si su vida iba a tener algún significado o si estaba condenado a vivirla solo.

–Meredith, mi amor –dijo, tomando su mano–. Nada significa para mí más que tú. ¿Cómo voy a quedarme en el rancho sin ti? Viajaría alrededor del mundo montado en burro si tú me lo pides. Por favor, dime que puedo ir contigo.

–Pero... ¿y el rancho? ¿Quién lo va a dirigir?

Cinco respiró por primera vez en cinco minutos.

—Mi abogado, Ray Adler, se encargará del papeleo y las negociaciones. El resto depende de Jake y de Abby. Yo estoy deseando dedicarme solo al negocio de la seguridad con Kyle. Y Seattle es una ciudad tan buena como cualquier otra.

Meredith se cubrió la boca con la mano.

—A ver si lo entiendo... vas a dejarlo todo, el rancho, a tu familia... ¿solo por mí?

—Te quiero más que a nada, cariño. Y puede que tarde una vida entera en probártelo, pero dame una oportunidad.

Meredith hizo entonces algo que él recordaría durante toda su vida... y durante toda la eternidad. Le sonrió.

—No —dijo, sin embargo.

A Cinco se le paró el corazón.

—Meredith, por favor, no me hagas esto...

—Quiero decir que no vamos a dejar el rancho. Vamos a quedarnos aquí —dijo Meredith—. Puedes llevar tu negocio como antes y yo puedo dedicarme a los helicópteros o a pilotar el jet de la empresa. Vamos a crear un hogar para la próxima generación, Gentry.

Cinco tuvo que tragar saliva.

—¿Quieres dejar tu trabajo en Seattle y

convertirte en la esposa de un ganadero?

–Si eso es una proposición, acepto –exclamó ella, echándole los brazos al cuello–. Me encanta el rancho, Cinco... casi tanto como tú.

Cuando se besaron, ambos pudieron probar el sabor salado de las lágrimas. Risa, lágrimas y esperanza, todo unido, apoyándolos mientras vivían su vida juntos.

Fueran donde fueran a partir de entonces, estarían en su casa.

Después de todo, Meredith se había convertido en su hogar.